U1009592

留学的逻辑

赵 刚 著

北京出版集团公司
北 京 出 版 社

图书在版编目（CIP）数据

留学的逻辑 / 赵刚著. — 北京 ：北京出版社，2017. 9

ISBN 978-7-200-13257-1

Ⅰ. ①留… Ⅱ. ①赵… Ⅲ. ①散文集—中国—当代 Ⅳ. ①I267

中国版本图书馆 CIP 数据核字(2017)第 235116 号

留学的逻辑

LIUXUE DE LUOJI

赵 刚 著

*

北京出版集团公司
北京出版社 出版

（北京北三环中路 6 号）

邮政编码：100120

网 址：www . bph . com . cn

北京出版集团公司总发行

新华书店经销

北京京华虎彩印刷有限公司印刷

*

787 毫米×1092 毫米 16 开本 9. 25 印张 168 千字

2017 年 9 月第 1 版 2017 年 9 月第 1 次印刷

ISBN 978-7-200-13257-1

定价：39. 00 元

如有印装质量问题，由本社负责调换

质量监督电话：010-58572393

坚持是行为艺术，与成功无关

几乎每一天，我都在自媒体平台发布文章，经常能看到诸如“天天发呀”“又刷存在感呢”“不明白你哪儿来的时间”等留言、评论。潜台词我懂，大概是“你要疯”的意思！以兴趣的名义去坚持，坚持已经变成自然而然的习惯，而不是成败得失的纠结、惶恐。

摩肩接踵的街上，不时有各种发放小广告的声音撞进耳朵里，“先生，买房吗？离北京才75千米，雄安新区周边最后的机会了！您来一张看看。”“帅哥，足底优惠卡，三折起，给您一张。”“老板，您拿着这个券儿，二楼点套餐送可乐。”

我嘴里回答着“不要不要”，回到家里，在自媒体平台上发送我编辑好的文章，然后分享在微信的朋友圈里，仔细想来，其实我也是贴、送小广告的，只不过地点从“线下”转到了“线上”。当然，贴、送的内容比那些“线下”的格调高些，主要是文化视角、分析中英教育差别的文章。尽管如此，我也有些担心。

我所担心的，并不是有些网友奇葩的点评，而是与教育，特别是国际教育相关的文化传播，是否能符合市场的要求。我从2012年开始做自媒体，起初只是“赶时髦”，为自己工作的英国大学做些信息发布和宣传。宣传的角度也无外乎是突显名牌大学、国际化业务，也就是强化社会认同的“大品牌”观念。

渐渐地，我发现这些社会认同虽然有用，但也是“双刃剑”。以职场为例，“大牌”的外部环境其实更多是一种威压感，面对“神”一样的雇主，只能顶礼膜拜、俯首称臣，没有话语权。这种相当凑合的工作，只能维系生存，却没有活得更好的空间。

此时，我有了不同以往的思路：提升个人品牌，反过来推动英国大学（雇主）的品牌形象。留学业内英国校代的“刷脸”营销，其实就是个人品牌提升大学美誉度的典型案例，只不过，过去的“刷脸”往往停留在销售层面，以招生数量为导向。

谈到销售，确实是我个人的短板。不会喝酒、不会抽烟、不会唱卡拉OK、不会来事儿，同时，颜值低、没背景、朋友圈子小，不喜欢应酬、不屑于公关，年龄大了，又不愿意凑合活着，于是我便把在工作中引入写作，即促进了销售，又锻炼了文笔。

“爬格子”是我的爱好，已经坚持了30多年了。对变成铅字的东西有种天生的好感，中学时总是琢磨着自己在作文稿纸上歪歪扭扭的字什么时候才能变成铅字发表。1990年，好说歹说地央求语文老师帮我在《作文通讯》上刊出了自己的作文《增几分民族自尊》，拿过样刊"惴惴焉摩玩之不已"。

我承认自己是后知后觉，虽然经常"思考"，却也经常想不出个所以然。没有思想的文章，其实只是技术层面的辞藻堆砌，俗称"码字儿"。后来影影绰绰地有些"思想"了，又碰到了制度约束。

1998年，因为工作原因，我经常在《国际航空报》上发表文章；2002年，我的第一本书《欧洲情调之旅》（合著）由中国档案出版社出版，我收到了6340元稿费和10本样书。

2014年，我试着把写作与工作结合起来。一边反思自己留英学习、生活、工作的经历，一边试着读解、总结中英文化差异。做教育的人总有"好为人师"的嫌疑，容易自我拔高。书的定位也是如此，让国际交流中的人们多些理解，少些误会；多些顺应，少些矫情；多些共鸣，少些纷争。我一边写书，一边把其中的部分内容在自媒体和朋友圈里"晒"，没想到圈内的同行非常支持，有一篇名为《英国校代的画像》的文章，不仅点击量惊人，还引起了近乎激烈的争论，我编的顺口溜"英国校代有三宝，手册、桌布、易拉宝"在圈内流传开来。

2016年4月，折腾了两年多，找了将近20家出版社，书稿还只是书稿。不过，此时我已经开始在搜狐公众平台（后来改名叫“搜狐号”）上连载自己的书稿了，而且3个月内，阅读量就超过了300万次。同年9月，我的书《到英国去》由作家出版社出版发行。此后，我以书里的内容开始做公益讲座、网络和广播电台直播、电视台教育节目录制。

与此同时，我的自媒体文章发布从未停止过，教育现状、文化差异、影视体育评论、观光游记、历史反思，等等，我不再受任何题材上的限制，尽管我在平台上的主要标签仍是教育或留学。

如果是喜欢做的事，时间其实不是问题。

在学业、职场很少坚持的我，此时在换一种活法儿。这是平生第一次，我把兴趣带入工作中，用兴趣搭建个人品牌，然后再借此推动我的工作（比如英国大学的品牌）。以兴趣的名义去坚持，坚持其实已经变成了自然而然的习惯，就像天天远眺窗外时隐时现的北京西山，天天听着音乐洗澡、刷牙，天天紧张而期待地查看穆里尼奥、C罗、梅西的消息，已经成为生活的一部分，我姑且称之为“行为艺术”。

当然，外部的担当只是一厢情愿，结果很难预料。更重要的，还是自我营造愉悦、安心的氛围，磨炼自己的文化修养，不必过多纠缠自己不喜欢的“面子工程”。文化、教育是亲情、友情的载体，和爱人、孩子、父母、亲友、同事、读者一起度过生命中美好的瞬间，不再纠结于成败得失的诚惶诚恐。

针对国际教育，特别是英国留学，我的“行为艺术”又有了新的进展，就是这本《留学的逻辑》。

赵　刚

2017年8月29日于北京

目 录 / Contents

英国留学那些事儿该有个头绪了

身在英国，却没有一个地方叫英国

一座大学，一个城市，一段历史

海归，你算老几

英国留学那些事儿 该有个头绪了

在资讯如此发达的今天，英国留学那些事儿已经没有秘密可言。也许是服务业太方便，也许是家长太忙碌，也许是学生太专注于分数，偌大的中国出国留学市场，真正自己钻研、思考、DIY的人群，反而还不如我十几年前留学时那么多。结果把留学英国的简单逻辑，也搞得神秘兮兮、一头雾水。解密工作看来还要从头做起……

2017年中国出国留学市场还会火吗?

作为在留学业界混迹十几年的英国校代，我从官方发布的2016年中国出国留学大数据中，观察到了一些与经验不符的地方，并着重分析了中国出国留学市场的主导权、发展前景、英国留学的新趋势，以求更多的学生、家长、同行能更客观地看待留学的现状和未来。

2017年3月1日，中国教育部发布了2016年出国留学和来华留学统计数据，官方数据和分析与留学从业人员的经验和感受之间还存在着一些差异。本文就此做进一步解析，以求对中国留学市场的客观描述。

中国出国留学市场谁来主导?

官方大数据中有这样一段评论：

2012年以来，自费留学的比重持续保持在92%左右，已初步形成“公派留学为主导，自费留学为主体”的留学工作格局。

需要说明的是，“公派留学为主导”的评价有些言过其实，放在中国改革开放初期是适用的。20世纪八九十年代，中国的经济发展迅猛，但人民生活水平还比较低，政府资助的留学形式为主导力量。

进入21世纪以来，特别是前十年，中国出国留学市场的自费留学比重飞速增长，那时英国大学在中国设立的代表处每日接待留学咨询人员简直是门庭若市。同时，国内院校也主动输送学生，堪称“黄金时期”。

近五年来，“自费留学的比重持续保持在92%左右”，这与政府的“主导作用”已经没有太大的关联。特别是近期，留学中介资质审查制度的取消，标志着中国出国留学进入全面市场化的新时期。

政府行政审批权“退市”，从侧面反映出政府对出国留学的“主导”地位已经不复存在，曾经自上而下的管理职能，逐渐转变为依托市场的服务职能。

当然，中国政府以行政手段推动出国留学市场的历史贡献是有目共睹的，也符合中国自上而下改革模式的运行规律。如今政府取消行政审批手续，也是审时度势、深化改革的英明之举，客观上促成了留学行业“国退民进”的市场化态势。

中国出国留学还会持续火爆吗?

在教育部官方网站上，有一个补充数据，从1978年到2016年年底，各类出国留学人员累计达458.66万人。这个数字看似不小，但从中国社会的结构分析，仍然是不成比例的。

作为全球留学最重要的市场，中国出国留学市场发展了近四十年，2015年首次突破每年50万人，但相对于1.09亿的中国中产阶层、数千万中产家庭而言，应该还有很大的上升空间。

需要注意的是，2016年中国出国留学人员总数达到54.45万人，比2012年增长了36.26%，但与2015年相比，仅增加了3.97%，增幅明显下降。

留学圈内人士一直在预测中国出国留学的拐点。

国外教育（主要是公立教育）作为特殊商品，受到所在国教育主管部门、独立评估机构的监控，是兼顾文化多元化、师生比例、学习体验等多种因素的“管制型”服务商品。

2016年，中国出国留学人员增幅下降，从国外教育资源角度分析，可能存在一定程度的“管控”影响。

同时，从国内合作办学的走向观察，国内院校已经不甘心于做国外大学的生源输出地，教育部主导的“4+0”模式等与国外大学的合作形式，在提升国内大学主动性的同时，向外方施加压力，加快引进更多优质教育资源（师资、教学大纲、教材、教法等），这也符合中国的人才战略。即使如此，对中国出国留学市场的增长，大部分人仍抱有乐观的态度。

没有西学东渐，没有教育国际化的尝试，就没有当今中国国运的上升势头。

即使到了今天，我们不再有民族危亡的桎梏，但我们的内心还是那样躁动、起伏，甚至惴惴不安。因为我们“西学东渐”的旅程还没有结束，我们教育的国际化还没有完成，新的文明因子还没有真正植入到民族的机体之中。

——自媒体《清华大礼堂的〈国际歌〉》

英国留学的新趋势是什么？

与其他留学目的地国相比较，英国的地位非常特殊，很多数据与全球总趋势并不相符。

从学历层次看，2016年度中国出国留学人员攻读本科以上学历近七成，其中硕博研究生35.51%，本科生30.56%。

考察中国学生在英国的学位层级，多年来一直是以攻读硕士研究生学位为主，保守估计应该在60%以上（曾经高达70%）。

原因很简单，中国留学市场的总体反映是，英国硕士学制短（大部分英国硕士是一年制），既省时间也省钱，属于“短平快”的实用资源。

本科阶段，英格兰地区的高校大多是三年制，虽然也省时间，但英国本科阶段入学大多需要读预科，很难与中国高中、高考实现无缝隙对接，这样一来，到英国读本科的人数远远不及去美国和澳大利亚的留学人员。在英国读本科的中国学生中，通过“2+2”“3+1”等校际合作项目来英国读书的比重很高。

多年的市场经验告诉我们，来英国读书的中国学生，70%是商科专业，很多排名较高的商学院，已经出现中国学生人满为患的局面。

上文已经分析，这种现象不利于英国教育倡导的文化多元化原则，同时，中国学生的实际英语水平有限，往往低于雅思考试反映出的高度，导致英国大学负责学术的院系招生老师，对中国学生的录取持谨慎态度。

这里必须说明的是，英国大学行政与学术是分离的，行政无权干预学术。也就是说，院系认为某个学生不能录取，国际办公室、招生办公室一点办法都没有。

不过，正像几年前在美国学习本科的中国学生超过硕士生一样，英国的本科阶段学位课程的学习将逐渐成为英国留学的主流，这符合中国出国留学低龄化的趋势。

英国大学排名的真实意图原来在这里!

英国大学排名争议很大，实践中经常产生误导。为提供更清晰的择校依据，本文将从商业排名的利弊、官方排名的动向、英国名校的标准、专业排名与综合排名的关系、世界排名的逻辑矛盾等不同侧面予以解读。

英国大学排名一直是国际留学业界的热点话题，搞清楚其中的玄机，才不会被排名所局限，才能理性地把握择校标准。

商业排名中哪个更准确?

纷繁复杂的留学市场，存在着大量信息不对称的情况，在学校选择方面总还是有个标杆、排名才好。这种需求不限于中国，即使在新加坡、日本等相对发达的国家也是一样的。毕竟教育作为特殊的服务业，需要口碑的支撑。那么，口碑体现在哪里呢？排名当然是最直接、最方便的衡量标准。

以《泰晤士报》（Times）、《卫报》（Guardian）为代表

的英国商业媒体，早早地抓住了大众的心理，出台了各式各样的排名体系，依靠媒体特有的传播能力，对读者有着强大的示范效应，几乎成为英国大学综合排名和专业排名的风向标。

这两个排名系统间的悬殊比较大，有的学校在《泰晤士报》的排名比较低，在《卫报》上却相对比较高，建议大家客观地看待才好。

《泰晤士报》的排名更偏重学术，从学术的基础上，通过不同的参数做比较得出结论；《卫报》更偏重学生的感受，相对更为主观。作为英国大学校方代表，我个人更倾向于参考《泰晤士报》的排名。

一方面，英国大学的学术、科研水平，一直是业界非常重视的考核指标。把《泰晤士报》发布的2017年度英国大学排名和英国大学官方学术排名REF2014（最新）相比较，两个榜单前30名院校重合度非常高。另一方面，《卫报》的一些参数对中国学生的参考价值较小，比如学生升值率（value added score）和毕业生就业率（career after 6 months）。

学生升值率是作为教学有效性的参考，是将在读学生的目前成绩与入学成绩进行比较得出的比值，因为中国和英国的学制差别较大，这个数据对中国学生没有太大意义。

毕业生就业率指毕业生在6个月之内找到工作，或者在6个月之内继续深造的比率，其中参照的就业信息99%来自英国人或欧盟的学生，中国学生毕业后绝大部分回国，信息采集非常困难，所以这个数据参考价值也不大。

英国名校到底是哪些？

一般认为，《泰晤士报》英国大学排名的前30名属于“名校”范畴，通常留学中介、培训机构都会提到“前30”这个概念，作为一流大学与二流大学的分水岭。

同时需要了解的是英国罗素集团（Russell Group），它由英国一流的24所研究型大学组成，有些类似美国的常青藤大学联盟。罗素集团旗下的这24所学校（英格兰20所、苏格兰2所、威尔士、北爱尔兰各1所），大部分都在前30名，相当于国内的“985”层级的重点院校。也就是说，英国罗素集团旗下的学校就是英国的重点院校，在英国，政府对重点院校的财务支持力度会更大。

专业排名、学校综合排名哪个更重要？

其实，去海外学习的出发点往往是专业，专业越好，对自己的提升也越大。

史蒂夫·乔布斯（Steve Jobs）没有选择斯坦福大学，而是选择了艺术设计专业有特色的里德学院（Reed College）。里德学院在全美并不算是排名很高的大学，但却丰富了乔布斯的创新理念。

同样，把乔布斯的理念化作实实在在的iPod、iPad、

MacBook、iPhone、Apple Watch的大设计师乔纳森·艾维（Jonathan Ive），当年没有去名校，而是选择了工业设计方面很有影响力的英国诺森比亚大学（Northumbria University）。

对自己的兴趣点和专业方向非常清楚的学生，应该选择专业实力突显的英国大学，尽管综合排名不一定靠前，但学到真东西是最关键的。英国学生在选择大学时，兴趣往往是第一要素，但也要受到招聘原则的束缚。英国雇主并不讲“学术门第”，面试时更看重的还是所学专业、曾经的工作履历与应聘岗位的匹配度，另外应聘者面试时的表现是最重要的砝码。

在中国正好相反。求职的时候，雇主可能只看学校的牌子，不一定特别看重专业实力，这是典型的中式思维。很多中国招聘公司对英国教育体制、英国大学了解较少，甚至从未听说过应聘者所在的英国大学。要是把这个现实情况也考虑进去，就可能背离学生的专业学习目的，而一味追求名牌效应。

英国官方排名：REF和TEF

英国教育主管部门、独立专业机构，运作了两个官方认可的排名系统：REF（Research Excellence Framework）——英国大学学术研究水平排名和TEF（Teaching Excellence Framework）——英国大学教学质量排名，其中知名度最高的是REF。

英国高等教育的国际美誉度很高，长期以来，学术水平、研究实力的评估始终是英国大学排名中权重最大的指标。

REF最新一期的评估结果是2014年年底出台的，又称作REF2014，取代了此前实行多年的RAE（Research Assessment Exercise）系统。在英国，从办学性质看，大体分为研究型和应用型两种大学。REF2014榜单的前50名学校，大体可以认为是研究型大学；50名以后的大学，应用型的特征越来越明显，1992年以后成立的英国大学，大体可以算作应用型大学。

很多大学应用型的特征增加后，在REF2014的排名上，自然会相对靠后，因此，应用型大学的真实实力无法在这个榜单上得到体现。继REF之后，2016年5月，英国商务创新与技术部（Ministry for Business Innovation & Skills）推出TEF评估体系。英国政府出台TEF，是为了督促英国大学提高教学质量，让公众享受平等的受教育的权利。TEF最终评出Gold、Silver、Bronze3个级别，其中Gold级最高，Bronze级最低。

从高等教育的学术与教学的平衡角度，TEF既是REF的重要补充，也是积极应对英国大学"重科研、轻教学"的发展出现的数据排名。从TEF排名结果看，出现了与REF排名大相径庭的结果。以学术、科研见长的英国罗素集团的24所英国大学中，只有8所获得Gold级，还有3所名校竟获得了Bronze级，令人大跌眼镜。相反，很多在REF和《泰晤士报》排名中相对靠后的英国大学，在TEF上却风光无限。

这次TEF的结果涵盖了134所公立大学和3家以大学名义运

作的公司，仍有相当一部分英国大学没有参加评估，其中包括爱丁堡大学、格拉斯哥大学、阿伯丁大学、贝尔法斯特女王大学、克兰菲尔德大学等著名学府。

英国大学教学与科研的平衡，还需要一段时间的内部磨合，出现不稳定的因素是暂时的。从中期和长期发展趋势看，对国际留学生，特别是中国留学生，会产生积极的影响，并突显英国高等教育的教学实力。

最不靠谱的排名——世界大学排名

几乎所有的英国大学，只承认对自己有利的排名系统。这样一来，你会发现英国大学排名的不确定性反而越来越大。

有趣的是，某所英国著名大学，世界排名前20名，在英国排名也就30名出头；而另一所英国名校，在《卫报》排在前15名，在《泰晤士报》也就第四十名。此时，前者大肆宣称自己是世界前20名，而后者在官网上明确注明全英排名第十五名！

在全球化的今天，似乎所有的终极标准都是“全球的”，这样才有公认的说服力。但教育显然不是GDP，何况世界银行每年发布的全球经济体的GDP排名，都经常遭到非议。

世界大学排名就是这样简单粗暴！

将美国大学与英国大学做比较，总觉得风马牛不相及。完全无法想象，哈佛、耶鲁与牛津、剑桥如何放在一起对决。再加上德国、新加坡、巴西、新西兰等不同地域的大学，如今又把中国大学也掺进去，这个榜单虽然体现了“包容性”，但有没有考虑“合理性”，便不得而知了。

把国内的大学说成前50名、前100名的世界名校，那为什么清华、北大成班建制的学生还要往美国跑呢？不出国就能在国际50强的学校读书，出国去读一个在全世界排一二百名的美国大学有意思吗？

大学排名发布者的真实意图

国内中介、学生和家长对英国大学排名的过度依赖，说明我们还没有搞清楚排名系统的真正作用和正确用法。其实，大学排名发布者的真实意图是：给申请者提供一个观察的角度，让他们开始寻找适合自己需求的大学。这简单而又意味深长的话，几乎揭示了世界上各种大学排名系统共同的秘密。

而此时，我想到的，是高考复习时常做的选择题。以“题海战术”为“标配”的应试教育，让中国学生在有限的选项中做出选择，看似只是做了单选题、多选题，而在潜移默化中，把大家的思维固定在一个很小的圈子里。习惯了选择现成答案的中国学生，似乎已经丧失了继续探索、继续思考的动力。在留学择校的问题上，很多中国学生，甚至还有家长，其实都在像完成一道选择题似的，“简单粗暴”地把排名充当自己的对位选项。中国留学生对排名的片面理解，说明我们确实缺乏思辨意识（辩证思维）的训练。英美教育的重要内容是思辨能力

（Critical Thinking），在英国大学里甚至被设置为必修课。

我在英国留学时，几乎每门课的任课老师，都要给学生布置参考书单，密密麻麻的不下20本书。没有大量的阅读，就不可能全面、透彻地领悟。这种阅读训练，其实是培养从不同角度看待同一事物的习惯，而不拘泥于某个侧面。其实，国外大学的不同排名系统，恰恰提供了审视大学的多个观察角度。只可惜中国学生，甚至留学中介，仍然苑囿于某个排名系统所提供的单一侧面，并作为选择的唯一依据。

对排名的不同态度，反映出不同的价值取向。

一般而言，一个英国学生或美国学生选择学校时，会从感兴趣的专业出发，借助大学排名（包含专业排名），锁定专业美誉度突出的几所大学，然后参考诸如学校所在城市的经济环境、人文环境、生活环境等因素，最终做出符合自身意愿的选择。

中国学生的思维方式这些年有所变化。曾经是“甩包袱”，把选择权拱手让给家长、留学中介，往往会提出“您看我适合哪个专业？哪个大学？”的问题，现在，中国学生会指着大学排行榜要求中介：“除了前30名的大学，其他都不考虑。”中国学生的上述两种择校观，还是没能突破对外在社会认同的依赖。很显然，在个人国际化的前夕，我们再一次放弃了自我选择、独立决策的机会！同时，对国外高校的“高消费”趋势——非高排名大学不去，已经成为当下中国留学市场的主流。

在高考后没能考取国内第一志愿大学、转向留学的中国考生，更容易有这样的心态——“堤内损失堤外补”，高考不行，还有留学保底。其实，即使是“宽进严出”的教育理念，排名高的国外大学，入学要求也不算低。名校的示范效应，实实在在地影响着崛起中的中国中产阶层。

毫无疑问，社会精英的沽名钓誉是上流社会有意无意的暗示。这个幻象搭建了中国高考之外的另一座独木桥——留学去名校。从实践中观察，直至今天，中国留学生依然普遍不懂排名的作用。

摆脱对排名的依赖，才能增强我们独立思考的能力，进而走出国门、走向国际化。

表1　英国大学学术排名（REF 2014）前30名大学

排名	英国大学
1	癌症研究院 Institute of Cancer Research
2	帝国理工学院 Imperial College London
3	伦敦政治经济学院 London School of Economics and Political Science
4	牛津大学 University of Oxford
5	剑桥大学 University of Cambridge
6	卡迪夫大学 Cardiff University
7	伦敦国王学院 King's College London
8	伦敦大学学院 University College London
8	华威大学 University of Warwick
10	伦敦大学卫生与热带医学学院 London School of Hygiene & Tropical Medicine

续表

排名	英国大学
11	爱丁堡大学 University of Edinburgh
11	布里斯托大学 University of Bristol
11	伦敦玛丽女王大学 Queen Mary, University of London
14	谢菲尔德大学 University of Sheffield
14	约克大学 University of York
14	巴斯大学 University of Bath
17	曼彻斯特大学 University of Manchester
18	南安普顿大学 University of Southampton
18	兰卡斯特大学 Lancaster University
20	杜伦大学 Durham University
21	利兹大学 University of Leeds
21	圣安德鲁斯大学 University of St Andrews
23	东英吉利大学 University of East Anglia
24	格拉斯哥大学 University of Glasgow
24	利物浦热带医学学院 Liverpool School of Tropical Medicine
26	诺丁汉大学 University of Nottingham
26	纽卡斯尔大学 Newcastle University
28	莱斯特大学 University of Leicester
28	伦敦大学皇家霍洛威学院 Royal Holloway, University of London
30	埃克塞特大学 University of Exeter

表2　英国大学教学质量排名（TEF）

（仅显示排名在Gold级别的英国大学，以字母顺序排列）

英国大学	排名等级
伯恩茅斯艺术大学 Arts University Bournemouth	Gold
阿斯顿大学 Aston University	Gold
班戈大学 Bangor University	Gold
巴斯大学 University of Bath	Gold
伯明翰大学 University of Birmingham	Gold
格罗斯泰斯特主教大学 Bishop Grosseteste University	Gold
白金汉大学 University of Buckingham	Gold
剑桥大学 University of Cambridge	Gold
伦敦舞蹈与戏剧艺术学院 Conservatoire for Dance and Drama	Gold
考文垂大学 Coventry University	Gold
德蒙福特大学 De Montfort University	Gold
德比大学 University of Derby	Gold
邓迪大学 University of Dundee	Gold
边山大学 Edge Hill University	Gold
埃塞克斯大学 University of Essex	Gold
埃克塞特大学 University of Exeter	Gold
法尔茅斯大学 Falmouth University	Gold
哈珀亚当斯大学 Harper Adams University	Gold
哈德斯菲尔德大学 University of Huddersfield	Gold
帝国理工学院 Imperial College London	Gold
基尔大学 Keele University	Gold
肯特大学 University of Kent	Gold

续表

英国大学	排名等级
兰卡斯特大学 Lancaster University	Gold
英国法学大学 University of Law	Gold
利兹大学 University of Leeds	Gold
林肯大学 University of Lincoln	Gold
利物浦霍普大学 Liverpool Hope University	Gold
利物浦表演艺术学院 Liverpool Institute for Performing Arts	Gold
拉夫堡大学 Loughborough University	Gold
纽卡斯尔大学 Newcastle University	Gold
北安普顿大学 University of Northampton	Gold
诺维奇艺术大学 Norwich University of the Arts	Gold
诺丁汉大学 University of Nottingham	Gold
诺丁汉特伦特大学 Nottingham Trent University	Gold
牛津大学 University of Oxford	Gold
朴茨茅斯大学 University of Portsmouth	Gold
罗伯特戈登大学 Robert Gordon University	Gold
罗斯布鲁佛学院 Rose Bruford College	Gold
英国皇家音乐学院 Royal Academy of Music	Gold
伦敦大学皇家中央演讲和戏剧学院 Royal Central School of Speech and Drama, University of London	Gold
皇家音乐学院 Royal College of Music	Gold
皇家北方音乐学院 Royal Northern College of Music	Gold
皇家兽医学院 Royal Veterinary College	Gold
圣安德鲁斯大学 University of St Andrews	Gold
萨里大学 University of Surrey	Gold

表3　英国《泰晤士报》2017年英国大学排名前30名大学

排名	英国大学
1	剑桥大学 University of Cambridge
2	牛津大学 University of Oxford
3	圣安德鲁斯大学 University of St Andrews
4	杜伦大学 Durham University
5	帝国理工学院 Imperial College London
6	伦敦大学学院 University College London
7	华威大学 University of Warwick
8	伦敦政治经济学院 London School of Economics and Political Science
9	埃克塞特大学 University of Exeter
10	兰卡斯特大学 Lancaster University
11	拉夫堡大学 Loughborough University
12	巴斯大学 University of Bath
13	利兹大学 University of Leeds
14	萨里大学 University of Surrey
15	东英吉利大学 University of East Anglia
16	伯明翰大学 University of Birmingham
17	约克大学 University of York
18	萨塞克斯大学 University of Sussex
19	布里斯托大学 University of Bristol
20	诺丁汉大学 University of Nottingham
21	南安普顿大学 University of Southampton
22	纽卡斯尔大学 Newcastle University

续表

排名	英国大学
23	肯特大学 University of Kent
24	谢菲尔德大学 University of Sheffield
25	莱斯特大学 University of Leicester
26	贝尔法斯特女王大学 Queen's University Belfast
27	伦敦国王学院 King's College London
28	邓迪大学 University of Dundee
29	格拉斯哥大学 University of Glasgow
30	埃塞克斯大学 University of Essex

“留学去名校”的独木桥也很挤

名校的示范效应，实实在在地影响着全球的中产阶层，这是个输不起的阶层。不像英国人、美国人那样装腔作势，中国教育者喊出了“不能输在起跑线上”的口号！

英国华威大学前任中国首席代表郑文强老师曾说过，对于中国出国留学市场来说，英国大学大致分为两类：一类叫牛津大学、剑桥大学，另一类叫其他（或者“非牛津、剑桥”）。这个概括很风趣，其内涵也很丰富。

当然，英国的名校并不仅仅是牛津大学和剑桥大学，但毕竟是少数，在美国、澳大利亚、加拿大，道理也是一样。对名校的追捧，其实本质上也差不多，只不过表现形式稍有不同。

相比英国人而言，美国人的“教育门第”观念几乎时时挂在嘴边。现任美国总统唐纳德·特朗普（Donald Trump）商业背景深厚，是著名的纽约地产大亨。他在Apprentice（翻译为《学徒》或《飞黄腾达》）的美国商业真人秀节目中，尽显

"土豪"风采，节目的画面把他的"豪"情表现得淋漓尽致！除了特朗普大厦（Trump Tower）、加长"林肯"豪车、炫目的私人飞机、纽约市中心地带的宫殿式豪宅、曾是斯洛文尼亚性感模特的第三任妻子梅兰娜……还有一个细节值得注意：特朗普在这个名噪一时的商业真人秀中，一而再、再而三地标榜自己是宾夕法尼亚大学沃顿商学院毕业的。释放如此强烈的"教育信号"的背后有什么深意呢?

不能不说，特朗普早年上得起学费昂贵的美国名校——宾夕法尼亚大学，已经把家境殷实、地位显赫的家族背景袒露无余。同时，这张教育背景的"金字招牌"，让他在精英荟萃的美国商界腰杆"硬起来"。

在竞争激烈的美国社会，中产阶层对"教育门第"的追逐甚嚣尘上。仅仅从大学教育就能看得出来，美国东部的名校——哈佛大学、耶鲁大学、普林斯顿大学、宾夕法尼亚大学、哥伦比亚大学等，处在当年英属殖民地的区域，门第、等级的观念和风气很盛。

这种"教育美国梦"还真有可能源于英国。

值得注意的是，经过私立中学、牛津大学、剑桥大学磨炼出来的英国"高大上"人群，他们的口音仍保持着冯小刚喜剧《大腕》中描述的"地道的伦敦腔儿"——那种有些拿腔拿调的英语。

英国首相中，撒切尔夫人、布莱尔、卡梅伦、特蕾莎·梅等都是走“先私校、再‘牛剑’（牛津大学、剑桥大学）”的“高层路线”。

“你是哪个学校毕业的？”多少年来，这个问题刺激着人们的神经，这其中当然也包括中国人。其实，名校情结在中国同样彰显无余。那历史悠久、根深蒂固的科举制度，虽然名义上早已在一百年前灭亡，但它的核心观念千百年来始终影响着中国人——世界是不平等的。

不过，每个人对待不平等的态度不一样。孔子用“礼”维护不平等，儒家思想成为中国社会主流价值观后，科举制度慢慢浮出水面，维持不平等中的相对平等；盖茨通过慈善事业追求平等，而特朗普夺取总统权力，依靠政治地位获得自己的“平等”。

说到底，名校情结就是赤裸裸的成功学。特朗普诠释的成功学就是胜者为王，他一直坚信Losing is a bitch。全球的中产阶层，在“不进则退”的压力面前，为了外在的社会认同，仍然挣扎在成功的迷雾中。

你的游学该升级为2.0版本了！

比较市场上的游学项目，家长会更实际些，希望孩子为以后进入英国大学做好“体验式调研”，而“学”“游”还在其次。在我看来，“体验式调研”有可能从根本上打破以英国大学排名为主导的择校观。不过形式和内容需要升级，也就是游学项目的2.0版——考察英国大学学术文化环境以及城市人文气质、商业环境。

一到寒暑假，针对英国“游学”的宣传此起彼伏、如火如荼，包括旅行社、留学中介、英国各个大学都加入进来进行宣传，目的各有不同。越来越多的英国大学“亲自”做夏令营，更多的还是从品牌营销的角度考虑，吸引高中毕业生或大学本科生到学校上英语课，以学术英语内容为主，注重口语和写作，辅以英国文化内容的讲座，有时也会加入少量商科、设计、工程等专业课。甚至大学还在周末组织学生去周边的文化景点参观，从形式到内容，更像是压缩版的英国pre-sessional课程（英国大学开设的英语语言班）。

这样的好处是比较“实在”，以上课为主，符合家长的预期，所有资源（师资、住宿、旅行等）均来自大学本身，但课程不够市场化，课堂时间较长，学生比较疲劳。另外，英国大学遵守有关政府规定，一般不接收低龄学生在校上课，如果有，也是配备了具有国家资质的、为低龄人群授课的师资，或者形式上国内中小学生在大学校园上课，实际操盘的多是校外教育集团（租用场地等）。

旅行社和留学中介组织的游学要灵活很多。年龄上没有限制，一般要走上五六个英国大学、五六个英国城市，也会安排上课，但地点和内容并不固定。简单比较一下，就可以看得很清楚。英国大学的游学是以“学”为主，更像是语言培训班；而其他机构的游学则是以“游”为主，更像是“英国名校十日游”之类的深度、微观的旅游项目。

当前游学的目的貌似把“学”和“游”结合起来，有些广告也会标榜“体验式学习”“寓教于乐”，而实际上未必能达到预期。

“培训班”的模式营造深度学习环境，而语言的学习与进入英国学位课程的课堂还是两回事，况且各大学语言类的师资、硬件等级差别不大，无法反映真实的教学质量和实力，而且局限在一所大学，视野比较狭窄。

“旅游团”的模式扩大了选择范围，但蜻蜓点水，“游”得有些浅显。Kaplan International在业内首创的“微留学”项目倒是独辟蹊径。针对有足够安全意识、独立行为能力的18岁以上群体（特别是大学生及成人），把主动权交给学生，除了为学生提供具有80年丰富英语语言教学经验的课程外，按照“微留学”参与者的主观意愿定制英国境内的城市、大学及相应的课堂和文化体验活动，鼓励参与者自定攻略，自行设计深度体验的时间、地点、目标、活动等，满足有留学意向的人群，在短期境外游中充分获取与教育相关的信息和感受。除了英国以外，Kaplan的微留学国家选择还延展到美国、加拿大、澳大利亚、新西兰、爱尔兰共6大英语国家。这种自行制定攻略类的“微留学”与我的设想不谋而合。我与Kaplan中国区负责人Gabriel Wang以及英国国际贸易部（DIT）的Danny在探讨英国游学项目时特别提到，其实家长会更实际些，希望孩子为以后进入英国大学做好“体验式调研”，而“学”“游”还在其次。在我看来，“体验式调研”有可能从根本上打破以英国大学排名为主导的择校观。不过，形式和内容需要升级，也就是在Kaplan“微留学”的基础上提升为游学项目的2.0版。我构想的方案应该是一次英国教育、文化的发现之旅，整个行程全部由学生自己设计。

首先，通过网络对英国大学所学专业、所在城市等重点信息进行筛选，圈定6所英国大学。然后，在留学中介组织的展会上与英国校方代表见面，将自己关心的问题与校方交流，同时通过英国大学的校友办公室，找到在读和已经毕业的中国校友，以聊天的形式了解自己感兴趣的话题，深入探讨在该大学的学习环境、所在城市的生活质量、工作前景等事项。接着，圈定不同城市的4所英国大学，作为考察对象。接下来是难度最大的一步，找到某时段自己所选专业的详细课程表、授课地点、授课教师介绍等，利用赴英考察的机会，真正进入专业课课堂，近距离观察和体验英国教学。

需要说明的是，“小班制”的专业课堂一般外人不能进，这样就不能参与课堂上的小组讨论了。可以参加“大班制”的讲座，团组（5人以上）一起进入会被“拦截”，“散客”问题不大。为了达到听课的目的，建议在国内寒假期间赴英比较合适，中国和英国的暑假时间差不多，假期去英国只能参观校园了。

最后，深入了解不同城市的文化特色，在校园活动结束后增加一两个文化项目（比如博物馆、音乐厅、足球场、超市、特色餐馆、地标建筑等），确定大约10天的行程，排列好城市的先后顺序，预订机票、酒店和城市间的交通方式（火车或大巴车）。

以上设计的宗旨是在学术认同的基础上，增加城市认同和文化认同，也就是说，将主观感受融入英国大学择校的过程中。校园建筑往往是第一印象，有时甚至是有决定意义的。我永远忘不了第一次亲眼看到格拉斯哥大学时的感受：

我当时惊呆了：一座拔地而起、气势磅礴的钟楼，像童话中闪现的迷离和突兀，古老得像隔了千山万水。那一刻，我有一种彻底臣服的感觉；那一刻，永远地留在了我记忆的深处。

太震撼了！仿佛五百五十多年前（格拉斯哥大学成立于1451年，到我留学时已经有552年的历史了）的风从那高处——Gilmore Hill——扑面而来。

主楼内侧的哥特式长尖石拱门和廊柱围成了一个梦幻的迷宫通道，一进一进的廊门通向东西南北，又在中心区高企的穹顶汇合，通透的布局仿佛是有意设计，吸引来自四面的莘莘学子，又送别去往八方的才俊，涨潮退潮似的，人海中矗立着这座不朽的灯塔。

——《到英国去》

这种冲击力让我当时释然了，交这么多学费（那时候英镑对人民币是1∶13），值了！

城市风貌也很重要，我最看重文化气质。

目前，我在位于纽卡斯尔市的诺森比亚大学工作，留学期间没有来过，工作后出差到这里，才了解这座城市、这所大学。诺森比亚大学位于市中心（与纽卡斯尔大学是门对门的邻居），吃穿住行十分便捷，非常轻松、惬意。泰恩河横贯东西，艺术馆、大铁桥、音乐堂、跳蚤市场都在河岸两侧。

这种扑面而来的人文气息给人的感染力也是我们判断学校的标准之一。当然，如果要考虑今后就业，城市的商业化程度也很重要。人口多、商业繁荣会带来更多的实习、工作机会，过于安静的城市，学习、生活、旅游都很好，但对于个人发展还是有些局限。

高考没考好，留学能保底吗？

曾经有种说法，国内“混”不下去了，就可以去留学了。其实无论去英国、美国、澳大利亚还是加拿大，都不好“混”。

现在中国的留学市场越来越大了，目前每年的学生“出口量”已经超过50万人。出国留学的热潮，即中国学生向海外学校的流动，很大程度上是供求关系决定的。

中国高等教育仍然以公立模式（公有制）为主体，依靠中央及地方政府的投入，院校的绝对数量与人口基数不成比例，又过度集中于大城市，造成资源匮乏、分布不均。中国高校准入成本居高不下，与国外（特别是英国）“宽进严出”的理念和模式形成了鲜明的反差。

从某种程度上说，留学瓦解了国内教育的制度约束，相当于把高考志愿（当然还有研究生志愿）向海外延伸，增加了备选方案，不再是“一考定终身”的独木桥。

不过，话又说回来，海外的“志愿”能作为“保底”吗？

曾经有种说法，国内“混”不下去了，就可以去留学了。其实无论去英国、美国、澳大利亚还是加拿大，都不好“混”。以留学英国为例，英语能力是入学要求中非常重要的一项。高中阶段，即使上的是重点中学，通过雅思、托福考试，从而达到国外院校录取标准的难度还是很大。就算通过了雅思考试，分数还不足以说明学生实际的语言能力。毕竟他们没有经历全天候英文授课环境，对于适应教师授课与分组讨论相结合的西方教育模式，还存在较大差距。

学术文化是隐藏在录取标准中的一个重要环节，英国大学招生时已经把学术文化作为入学基本素质的“标配”了。公立学校体制重压之下的中国学生，其学习主动性反而比较弱，独立学习的能力不足，与同学和老师的互动性差，缺乏国外要求的研究意识和技巧。这是典型的学术文化素养的缺失。当然，通过在国外高校的语言培训或预科学习，可以在一定程度上缩小差距，但巨大的心理惯性会使中国学生反复回归到在国内的学习状态之中。

我在英国的第一份工作中接触了很多中国高三毕业学生，他们中的一部分通过雅思考试、面试、高中成绩评估等测评，最后进入到我当时工作的英国学院。在新的环境里，有些学生马上表现出严重的不适应，不遵守课堂纪律、不参与小组讨论、不交作业等一系列问题都来了。显然，这些潜在问题在之前的测试中是无法认定的。入学标准之外，克服“分数至上”的传统思维方式，才能在英国留学中获得真才实学。

我留学时，很多中国同学仍然像在国内一样，把分数放在第一位，钻营于考试技巧，把大部分精力放在备考上，平时忽视钻研正确的学习方法和研究方法。其实，要是深究的话，分数也并不能说明什么，尤其是商科学习，训练的主要是今后安身立命的技能——说和写。商科无论哪个专业，都面临着市场营销的压力，向客户做演示、谈判、建立客户关系等，这些是最基本的商业技能；而写就更突出了，无数的商业邮件、计划书、可行性报告，都少不了过硬的写作能力，特别是在如此国际化的今天。因此，课上讨论、发言、作业与考试不过是一次又一次地强化这两方面的能力，一直延续到工作岗位。显而易见，如果将通过考试作为首要目的，留学的效果会大打折扣。

留学有助于我们换一个角度看待自己的学习、生活、工作，在陌生的环境中，便于静心思考，便于形成Facebook创始人扎克伯格提到的使命感（sense of purpose），从而修正功利的价值观。

高考与留学，选哪个好？

一方面是应试教育的束缚，另一方面是对应试教育的顺应，这是中国教育和中国社会的“常态”，而且学生、家长、老师都会把所有的责任推给体制。我更相信人的主观能动性和对环境的反作用力，我们可能无法改变体制，但我们完全可以改变自己。

从武汉驱车一个多小时来到湖北咸宁，在这个以三国赤壁古战场而闻名遐迩的地方，拜访湖北省级被评为八大重点中学之一的鄂南高中。尽管是个中学，校园的规模几乎相当于北京外国语大学整个东院校区。学校的整体建筑由清华大学专家参与设计，从每个角度看都是错落有致，与周围环境融为一体。

“学生、老师太辛苦了。”国际办公室的两位领导不无感慨地介绍。从清晨6点30分开始的早自习，到晚上10点30分结束的晚自习，每周只有周日休息，师生连轴转，年年如此。

我做的《中国式留学的反思与对策》主题讲座已经是第

二十五场了，咸宁是第十七个城市。与会议厅里40多位学生、家长、老师，整整互动了两个小时。由此可见，在高中环境里，高考与留学的抉择成为焦点。

据说鄂南高中2016年的高考成绩是湖北省最好的，全省前20名的高分考生里，这个中学占了4个，而且成绩是“硬考”出来的，没有任何照顾性的加分。国内重点高校为了争夺人才，在出分前一天就派人住在咸宁，与中学校方“拉关系”，并把奖学金早早地打入心仪高分考生的账户。

即便如此，还是有大量鄂南高中的高三毕业生落榜，不要说名校，进入国内一般大学都还是个梦想。中国有13亿人口，拥有3000所大学，相比美国50%的私立院校而言，我们仍然是公立体制占压倒性多数的教育模式。从这个意义上说，中国的教育资源无法单纯通过扩招而实现均衡的分配，对于大部分中国高考学生而言，仍然是无路可走。

中国教育国际化对咸宁人而言，还在观望期，钱不一定是问题，而观念上、体制上、文化上的束缚，才是高考与留学之间的选择瓶颈。抽象地看，中长期目标的特点是“重要，但似乎并不紧急”，往往容易被忽略掉。在按部就班的体制内的学习过程中，中国学生和家长忽略了对人生起决定意义的中长期目标，把大量时间花费在短期的应试模式上。

“人无远虑，必有近忧”，大部分中国学生都是在高考失利后，才去考虑留学。我个人认为，其间浪费了太多的时间和精力，更可悲的是，很多学生因为应试体制而过早失去了独立思考的意识和能力，不得不面对国外学习环境更大的挑战。从实际出发，当前中国高中学生和家长的选择大体分为两种：一种相对激进，高二会考确保拿到高中毕业证后，放弃高考，进入国外大学的预科班，然后进入大学学位课程；另一种相对稳妥，参加高考，进入国内大学，通过“2+2”“3+1”等中外合作办学形式进入国外大学本科阶段，取得本科学位后，继续在国外完成研究生阶段的学位学习。

两种形式各有利弊，目前还很难说哪一种更好。但无论是哪一种，都存在尽早培养独立意识的问题。一方面是应试教育的束缚，另一方面是对应试教育的顺应，这是中国教育和中国社会的“常态”，而且学生、家长、老师都会把所有的责任推给体制。我更相信人的主观能动性和对环境的反作用力，我们可能无法改变体制，但我们完全可以改变自己。

在反思自己本科毕业后二十年间的个人发展时，我发现，以自我激励、自我约束为主导的博览群书，对我的时间管理、知识储备、能力提升等方面，发挥了根本的促进作用。2003年的英国留学，加强了我对“应试教育后遗症”的反制约，主动学习的动力不断加大，我甚至在一步步实现兴趣与工作的结合，这几乎是曾经不敢想的全新的发展方向。

从另一个角度诠释，如果我能在学生时代——特别是中学阶段——开始自觉培养自己的读书习惯，不再刻板地、教条地遵从老师的要求，我可能会更早地确定未来的发展目标和兴趣点。在教育体制内外纠结的核心，其实是缺乏文化存在感的虚无所造成的。

看到互联网上报道高考后中国的学生肆无忌惮地把书撕得粉碎、借此发泄的场景，我突然想到多年前一位中国的奥运冠军，她在接受采访时痛不欲生地说：“再也不想练下去了！”功利的教育让学生远离学习，体制下的苛责让工作变成挣脱不掉的梦魇。

此时，教育与文化彻底脱钩，没有文化感的教育，简直变成了酷刑！

无论是在国内学习还是出国留学，如果没有文化存在感，而只是去钻营一个学历、学位，虽然谈不上白学了，但总感觉拿到的一纸文凭有些掺水。文化存在感才是帮助我们面对诸如“高考还是留学”困境的终极解决方案。

英国大学最无法回答的问题

在信息相对透明化的今天，留学咨询的难度陡增，“难缠”的学生和家长的行为方式与网购相反：他们先在互联网上看一溜够，“货比三家”，通过“点评”、论坛、“攻略”去粗取精，然后到咨询现场逛逛，向官方求证真伪。应接不暇的英国校方，耳边也经常会有这样的声音：“老师，您看我学哪个专业好？”而这恰恰是除自己外，任何个人、英国教育机构都无法回答的问题。

9月份是英国大学的入学季，同时又是中国出国留学市场为第二年入学申请开始忙碌的时期。大学的、中介的、半政府机构的咨询会通知，已经通过各种渠道向学生和家长“狂轰滥炸”了。学生提出的问题越来越精细，越来越尖锐，“你们学校中国学生的比例是多少”“中国学生拿到学位的比例如何”“英国一年期硕士的含金量会不会不够”……

在信息相对透明化的今天，留学咨询的难度陡增，“难缠”的学生和家长的行为方式与网购相反：他们先在互联网上看一溜够，“货比三家”，通过“点评”、论坛、“攻略”去粗取精，然后到咨询现场逛逛，向官方求证真伪。应接不暇的英国校方，耳边也经常会有这样的声音：“老师，您看我学哪个专业好？”而这恰恰是除自己外，任何个人、英国教育机构都无法回答的问题。

显然，当人们通过锐利的目光穿透外界的迷雾时，我们内心的雾霾仍漂浮在那里，久久未曾散去。对该问题的探究，不可避免地要深入到提出问题的缘由。以理论上说，专业的选择或出于兴趣，或服从市场需求，但归根结底都是自我的决定，首先还是要了解自己。

几乎与孔子同时代的古希腊大哲学家苏格拉底，在2500年前就发出了“认识你自己”的惊世箴言，直到今天仍然发人深省，可见这个问题对人类自身的困扰，古今中外，概莫能外。英国大学也很清楚学生面临的选择专业方面的挑战，因此，在本科阶段第一学年实行的是“通才教育”，学生的课程选择十分宽泛，可以主修和辅修任何课程，直到二年级末或三年级初才确定今后的专业方向。

相比而言，中国教育疲于应对考试、升学的压力，甚至将升学率、优秀率等作为教师管理的考核指标，这样的“激励—约束机制”，在应对“认识你自己”的重要课题时，显得束手无策、毫无作为，缺乏对学生的系统帮助和辅导，也没有类似于英国教育系统的“缓冲期”。

其实我对专业的选择也是“两眼一抹黑”，舍本逐末，纠缠于细小的、不重要的枝节问题，对“选专业”的大事反而消极拖延。20年前的我同样是心里白茫茫一片，也同样提出过“老师，您看我学哪个专业好”的问题。

高晓松在《晓说奇谈》中曾说，他在北欧采访时，看到很多当地学生报考音乐专业，深谙音乐行业是是非非的高晓松，不无担忧地提醒这些“晚生”，音乐这行很不好做，出名太困难，水也深。而他得到的回应却大大出乎意料，“我们不想出名，我们就是喜欢”。

自主标志着人格的独立，它的重要性贯穿我们的一生。我们审视自己、洞察社会，就是为了自立于世界，自立于芸芸众生中。而人格中自立的缺失，最终必然造成“选择障碍”。到头来，我们无法选择专业，也无法选择自己的发展道路，像断线的风筝四处摇曳。

由于我只是不想听任他人呼来唤去，只是不想再提出那样无知的问题，我在结束国内16年按部就班的教育后，开始通过工作中的历练、业余的自觉学习、自费出国留学，寻找那个失去的自我。

亡羊补牢，犹未为晚。

高考后留学英国最稳妥方案

高考后去英国留学，按说不算“低龄”了，但被体制内教育“管”惯了的高中毕业生，确实要经历一个明显的阵痛期。对很多中国学生而言，英国大学预科学习是留学的第一步，也是对我们自理能力、自立意识的锻炼和考验。

2017年高考的分数快出来了，按照中国当下通行的择校原则，首选的国内名校（第一志愿）如果不能如愿，同时又不肯屈就于国内其他志愿，看来也只能向“国外志愿”转移了。此时选择留学英国，最大的障碍有3个：对时间的把控、对自我的管理、对英国大学的认知。

如果按照预计时间，2017年6月23日左右知道高考成绩后填报志愿，高招录取应该还需要4周的时间，这样一来，很多英国大学2017年秋季入学（9月或10月）的招生截止时间（一般在7月底）就要到了，虽然也不排除要求延迟申请时间的可能性，但对毫无留学准备的考生和家长而言，着实过于仓促。

除了高中阶段的成绩单之外，英国大学还需要申请者提供雅思成绩，而考生此时参加语言测试，结果可想而知。除时间紧之外，高中毕业生的自我管理能力值得怀疑。有些英国大学可以根据学生的高考成绩或高中3年的平均成绩、雅思成绩录取高三学生，即使如此，鉴于我对直入英国高等教育的中国学生的观察，对一般学生而言，并不一定是最佳选择。

我在英国的第一个工作，就是在苏格兰当地一所高等教育学院（college）做国际业务经理，接触十七八岁的高三学生，帮助他们到学院攻读HND（相当于国内专科或高职），衔接本科学位的课程。

第一批中国学生都是通过英方严格的笔试、面试程序进入学院课程的，但这些高三毕业生入校后的表现，还是超出了英国人的想象。短短一个月，负责宿舍的老师就抱怨：中国学生在房间抽烟烧坏了地毯，在卫生间随地吐痰，用电炉子煮方便面造成整个宿舍区多次跳闸。

后来，我还被要求打印“禁止吸烟”“禁止随地吐痰”的中文标识贴在走廊和洗手间里，要知道这个宿舍里住了十几个国家的学生，而标识的文字除了英语，就是中文了。比宿舍更麻烦的是有些学生的学习态度。有两三个学生经常不交作业，也不愿意沟通，其中一个女孩子基本上一言不发，造成教研室的忧虑。

带薪实习的问题最多。所有学生都到当地的希尔顿饭店参观，并了解酒店管理专业在实际工作中的应用。但在英国的实习与国内完全不同，在国内实习基本上是分配来的，而这里需要学生参加饭店的面试，合格后才能“上岗”，有相当一部分中国学生由于英语问题无法通过面试。

两个中国学生好不容易找到实习机会后，在客房里抽烟、睡觉，被饭店方面退回，其中一个中国学生被学院警告。18岁这个年龄的中国学生从普遍意义上讲，其实还应该算是“低龄”，他们对国际化的学习环境和方式仍然是似懂非懂，而独立在国外生活的能力也存在差距。

再有，在高考后有限的时间内，对英国大学的了解，一般还停留在非常初浅的阶段。需要有一个缓冲期，让自己沉下心来考察英国高等教育的特点，从而选择适合于自身实际情况的学校。

由此看，进入英国大学预科学习，其实并非可有可无，而这个规律，也是通过现实的教训和代价得出的。

预科是模拟未来学位课程的教学模式，通过近似实战的教学方法和学习环境，让学生尽快适应英国当地的学习进度和文化氛围。预科的运营单位可能是英国大学，也可能是英国大学与国际教育机构的合作项目，比如Kaplan等公司与英国高等学府合资开设的大学预科项目。我在担任格拉斯哥大学东亚区首席代表时，Kaplan正与格拉斯哥大学共同建立了预科，格拉斯母大学有一座教学楼单独为预科学生开放，学生在校园里享受与其他学生相同的待遇：Kaplan安排预科学生住在学生公寓，学生使用学生证可以进入大学的图书馆、体院馆等场所，完全融入在校生的环境里。

中国和英国的学制差异很大，大部分英国大学不能直接接收中国普通高中学生入读大学本科。格拉斯哥大学与Kaplan合作开设预科的目的，就是为了让中国高中生通过一年的预科学习，有机会去读英国的本科。格拉斯哥大学预科是小班制教学，相比大班制而言，学生有更多的机会用英语交流。当然，仅仅提高英语能力还是不够的，加强学术文化的修养更重要。我接触过一个格拉斯哥大学预科班的学生，雅思考了7分，英语日常应用和沟通都很熟练。即便如此，据学生本人介绍，刚到预科班上课，面对着全英语教学环境和大量的专业词汇，一节课下来整个人都是懵的，最多只能听懂一半。这说明中国学生对英国学术文化还不适应。

首先，学术文化表现在思维方式上。英国人崇尚思辨意识（critical thinking），很少有标准答案，要求学生从不同角度分析、判断，以怀疑、批判的眼光看问题，在应试环境中成长起来的中国学生往往跟不上英国老师的思维跳跃；其次，学术文化强调一丝不苟的研究方法。英国大学预科平时的作业往往是小论文，任课教师会布置参考书单，要求学生将课内、课外的学习衔接起来，通过大量阅读找到不同的论点、论据，并在比较后得出自己的结论；再次，学术文化还要求学生有很强的演讲、演示能力。在课堂上，老师会让学生进行公开演讲和PPT演示。娴熟的PPT制作和公开演讲能力，对于学生今后的职场生涯至关重要，特别是商业和管理类工作，演讲和PPT演示几乎是“标配”。因此，在英国大学预科和学位课程阶段的充分训练，也是留学的重要收获之一。

进入预科也需要雅思成绩，申请者可以一边报名预科项目，一边备考雅思。总体看，预科的入学时间相对灵活，给高考考生预留了语言考试的准备时间。

大学或教育机构会根据申请人的高中成绩及雅思成绩确定预科学习的时长，总体来说，预科学习会在8—12个月之间。预科成绩就像高考成绩似的，将决定学生的去向。成绩合格，达到自己申请大学的录取标准时，就相当于考上了第一志愿；成绩不合格，会被分流到其他大学，即第二、第三志愿。当然也有可能因为成绩不好，而不能进入英国大学的，相当于落榜了。虽然国际预科有点儿像国内升学的“占坑班”，但并不是“保过班”，其实生活中100%的事儿谁也保证不了。无论是Kaplan这样的国际教育集团还是英国大学，对预科项目都有明确的质量监督。Kaplan国际预科学院（Kaplan International College）的通过率常年在80%以上，而格拉斯哥大学作为英国顶尖大学，对于学术考核标准更严格，但预科的通过率也能达到79%。这意味着大部分学生通过努力可以达到学位课程的入学标准，同时也会有一些学生掉队。

实际上，这段预科时间，也是对英国大学全面实地考察的机会。预科学生身在英国，可以“主动上门”走访心仪学校的校园、同校友交谈、与当地老师咨询，这样择校更客观、更主动。

从实际效果看，这种桥梁式课程对于长期浸染在国内应试教育体系中的学生来说，是个全新的模式，有助于学生的个人发展。不过，学习毕竟是依靠个人主动性的。对中国预科学生而言，通过预科锻炼可以提高能力，但这种能力会因为学生的主动性缺失而大打折扣。

在英语方面，中国学生喜欢根据汉语思维生搬硬套地“造”词、“造”句，预科阶段首先要抛弃过去的“单词+语法”的简单粗暴的学习方式，多效仿老师和英语国家的人如何表述。

英国文化的学习也是预科的重要环节。

在英国，酒吧是最好的学习英国文化的场所。通过与英国人的交流，我们慢慢地会发现一些让他们笑得前仰后合的笑话背后的玄机，这样我们就不会总是一头雾水地“赔笑”了，而是深入其中的文化语境而开怀大笑。

独立处理问题的能力是预科的高境界。在英国读预科的中国学生，有时半夜三更（北京时间）地给国内中介打国际长途，提出的问题竟然是什么时间交作业、如何到警察局登记、银行开户要注意些什么……

中介可能许诺太多，他们推出的“一站式”服务，就要付出代价。但从另外一个角度看，仅仅是因为付了钱，中国留学生就理直气壮地、狠狠地享受服务吗？多半还是不愿意沟通、没有能力沟通。对很多中国学生而言，英国大学预科学习是留学的第一步，也是对我们自理能力、自立意识的锻炼和考验。

了解英美大学申请程序的最大不同点

英国大学的申请程序看似清晰，实际上还隐含着一些不为人知的玄机。掌握其中的规律可以少些顾虑，少走弯路。作为英国大学的工作人员，非常愿意分享“内部信息”，让留学英国更加顺畅、安心。

2017年2月22日晚8点，应英国使馆文化教育处（British Council）的邀请，我在线做英国留学方面的讲座，题目是《英国大学排名与申请中的误区与对策》。我曾就英国大学排名的话题发表过文章（《别被英国大学排名忽悠了，里面的水比较深，慎入》），现在就硕士入学申请问题再做些补充说明。

其实，英国大学的官方网站以及留学中介服务清单上，已经明确列出了申请硕士阶段学位课程需要递交的材料：国内大学毕业证和学位证、国内本科阶段成绩单、雅思成绩、推荐信、个人陈述（Personal Statement）等。从表面上看，要求很明确，而且在实践中也有相应的变通方式，举例说明：

一个中国大三在读学生TA，计划申请2018年9月入学，需要从2017年9月开始递交申请，这个时间与美国大学的申请时间是一致的。

之所以提前一年开始动手，主要是中国学生中申请商科专业的比重太高，往往在2/3以上，而英国只有一百四五十所大学，商科专业无法满足太多的学生申请，因此很多大学（特别是排名较高的英国大学）商科申请的截止时间比较早，具体到这个案例，TA的申请如果在2018年开始，很可能有不少大学的商科（至少是热门的商科）的专业已经关闭了。

显然，2017年9月在国内大学毕业证和学位证是无法拿到的，可以由国内大学出具在读证明信，提供学校盖章的前3年的成绩单。如果雅思没考，完全可以不必提交，等拿到conditional offer（有条件录取通知书）以后再说。推荐信一般是两封，最好是外教或会英文的中国教师出具，而且对TA比较了解，这样的推荐信比较个性化，如果有实习项目，其中一封最好由项目上的负责人出具。个人陈述如果没有特殊要求（有些英国大学会要求学生按规定写小论文），主要是表达进入某专业学习的原因和学习计划。

除了上述技术层面的解读，英国大学的申请程序还隐含着一些不为人知的玄机。

玄机之一：申请程序中需要提交的材料排序是有讲究的

国内大学毕业证和学位证、国内本科阶段成绩单、雅思成绩、推荐信、个人陈述的重要性依次递减，而且其中无论哪个环节不符合英国大学的要求，都无法得到录取通知书。

特别注意的是，前3项是重中之重，负责审核申请材料的英国大学录取办公室（Admission Office）的工作人员，会按顺序检查材料，遇到不符合标准的地方，就不再往下看了。从这个意义上说，英国大学的录取几乎是标准化的，几乎没有任何灵活度可言，也没有太多主观决策的参数。

玄机之二：本科在读学校的背景是英国大学最看重的

英国大学已经注意到国内大学的不同层次。“985”大学是英国大学最欢迎的，紧随其后的是“211工程”大学以及排名在国内前300名或400名的大学。教育部提出“双一流”（Double First-rate）建设的目标，即加快世界一流大学和一流学科建设，最终很可能演化成新的国内大学层级序列，取代现有的“985”或“211工程”格局。英国大学后续的更新工作还要加强，这样才能跟上中国教育的形势发展。另外，“三本”院校被很多英国大学排除在可录取范围之外。

需要注意的是，英国大学使用的国内大学排名系统是不统一的，而且也一般不会向申请者公布所使用的排名系统，经常出现申请者对自己院校的排名理解与英方存在分歧的情况。

我的观点是，这种分类方式非常不客观、不合理，这会导致高分学生因为本科院校排名问题而被拒之门外。但毕竟国内高校数量大、情况复杂，英国人无法通盘了解。

同时，在国内院校排名问题上与英国大学录取办公室争论，估计不会得到满意的答复。

玄机之三：本科成绩的计算不用GPA

在分出了国内大学的层次的同时，本科成绩（特别是前3年的成绩）也要符合英国大学的要求。实际上英国大学并不采用“美制”的GPA，中国的百分制倒是符合英国的规定，所以递交申请时没必要换算成GPA。

即便如此，国内大学本科成绩（总平均分）的计算方式五花八门，没有一定之规，不过英国人只认同国内大学盖过章的成绩单。除了总平均分外，有些英国大学还需要学生标明专业课的分数，这样一来，中国学生依靠体育、马克思主义哲学等课程遮盖主修专业成绩低的企图被粉碎了。

玄机之四：个人陈述无法“逆袭”，最多只是锦上添花

很多美国大学的录取标准带有比较明显的主观色彩，他们非常看重学生的个人陈述部分。美国人注重申请者的个性和长远规划，鼓励成绩之外的其他能力的展示，一些成绩平平但特

点突出的中国学生因此完成了“逆袭”，进入美国名校。

不过，在英国大学这边，这种情况极少发生。正像前文所说，只有在每个单项材料必须通过的情况下，才能录取。个人陈述基本上不具备“力挽狂澜”的功用，最多只能锦上添花。很少有英国大学仅仅因为个人陈述能体现自身的价值和闪光点而录取中国学生的。这也是英国和美国大学在录取程序上的最大不同点。

留学英国你还会选MBA吗?

中国对工作经验平平的MBA海归没有太多好感。同时，EMBA也面临着全面崩溃的局面。说到底，专业是一方面，关键还是自己如何去吸收国外教育的营养、如何付诸实践，指望“读个好专业，找个好工作”的年代一去不复返了。

MBA(工商管理硕士)在当年还是个时髦的专业,经过媒体的渲染后,仿佛MBA背景就等于CEO、职业经理人等。当然,也有很多不同声音。“工商管理?想管谁呀?有管人的资历吗?”

在国内很多年以来，人们并不把管理当作专业看待。更多的时候靠经验管理，管理无疑是地位、权力的象征。

在英国学习MBA很有趣。一次，在室外团组活动中，老师给每个组50英镑作为交通和调研的经费，另配一架宝丽金的快速成像相机，要求各组到市中心的几家苏格兰裙（kilt）店询价，通过谈判找到最低的批发价格，还要求拍照作为去过店里的证据。我们这个组很有意思，5个人来自5个地方：一个中国台湾人、一个中国大陆人、一个荷兰人、一个加拿大人和一个格鲁吉亚人。荷兰人虽然话多，但她的观点很尖锐，谈判的风格也很锐利，她总是冲在最前面，我和加拿大人提供网上查到的价格作证，在一边帮腔。

我把大部分时间用来记录双方报价和反报价的过程，就好像我之前在国内工作时的状态一样，这种记录虽然比较烦琐，但作为谈判的第一手资料，非常有用。荷兰人心领神会，不住地点头，看来可能是同行。谈完，热情的店主还让我们试穿了这种厚厚的苏格兰花格裙，并一起照了相。我们先后去了3家店，而价格相差无几，这个成熟的市场几乎是无差别竞争了，很难有太大的差价空间。最后我们还是在一家印度人开的店里找到了“油水”，最后以微弱的价格优势在各组中获胜，而且所用时间也是最少的。

另外，课上、课下的结合也还好。英国大学硕士阶段一般只有一年的学制，课程安排又很满，其实是没有实习时间的。打工的机会并不少，即使如此，我还是比较挑剔的，一般不去洗碗、送外卖或打扫饭店房间，还是希望工作能够“对口”，挣些零花钱、贴补一下电话费就可以了。

那时每周三或周五，利用课余时间去惠普（HP）设在格拉斯哥的呼叫中心（call center）协助做电话问卷调查，时薪5.50英镑，练练英语或汉语（大部分是欧洲境内的客户，个别时候也有大陆或中国台湾客户），体验一下商业气氛和国外公司的管理方式。

慢慢地，我也感觉英国MBA的问题也不少。

我的同学加拿大人Fiona抱怨英国MBA的课程过于理论化，一旦认定老师不好就一定会逃课——上午听到她说一句This morning is quite slow, isn't it?（上午过得真慢），下午就无影无踪了。不过，按照她后来的描述，找到她也不难，不是在博物馆就是在歌剧院。

确实，英国的教学方式需要大量阅读，虽然案例分析也紧跟时代，但课程设置还是缺乏“现场感”，与业界的互动很少。这种不合时宜的“学术气氛”，在大学商学院管理层的办公室里也能体会到。

如今MBA专业的发展正处于激烈动荡的转型时期，全球大部分商学院都出现了招生不足的尴尬局面。国内对工作经验平平的MBA海归也没有太多好感。同时，EMBA也面临着全面崩溃的局面。

同时，MBA学员面临着与行业结合的挑战，真正实现职业经理人目标的、适应各种行业管理模式的MBA人才，确实是凤毛麟角。

因此，作为英国校友，我倒是建议可以考虑“教育MBA”（MBA in Education）等与行业衔接的工商管理专业。说到底，专业是一方面，关键还是自己如何去吸收国外教育的营养、如何付诸实践，指望“读个好专业，找个好工作”的年代一去不复返了，很多职业素养还要靠课上课下的共同积累。

英国大学拒信能缓期执行吗？

英国大学的拒信，一石激起千层浪，也引出了背后错综复杂的文化冲突。了解英国教育和文化，拒信也是一个不错的角度，尽管事情让人感觉很憋屈。当中国人的弹性遇到英国人的刚性，又是个什么结果呢？有规定的，按规定来，尽管也有例外。

2017年3月，中国教育电视台《留学为你来》栏目邀请我作为嘉宾录制名为《留英拒信揭秘》的节目。拿到这个题目，感同身受，为申请英国大学的同学们、充满焦虑的家长们捏把汗。其实，中国与英国思维模式、文化传统的碰撞，就是从一封拒信开始的。

我留学英国取得硕士学位后，就开始了十几年的英国大学国际办公室的工作，后来工作地点从英国移到了国内，在中国办公室任职，耳闻目睹的英国大学offer那些事儿也不少，拒信是其中最悲催的一幕。考虑到中国留英市场，硕士研究生申请占比很高，以下的案例和分析都围绕着这个市场细分展开。

拒信的理由：坚硬的入学标准

一般而言，拒信的大体意思是申请人不符合录取标准，有些时候会指明具体原因。理论上说，英国大学需要申请人提交的材料包括：国内大学毕业证和学位证、国内本科阶段成绩单、雅思成绩、推荐信、个人陈述。其中无论哪个环节不符合英国大学的要求，都无法得到录取通知书。

从实际操作和结果看，因为推荐信、个人陈述而没能拿到offer的几率是非常低的，而前3项是重中之重，负责审核申请的英国大学录取办公室（Admission Office）的工作人员会按顺序检查材料，遇到不符合标准的地方，就不再往下看了。这反映出英国大学对申请人学术水平的重视程度。

在英国使馆文化教育处（British Council）组织线上讲座《英国大学排名与申请中的误区》时，我特别讲到，英国大学的录取几乎是标准化的，几乎没有任何灵活度可言，也没有太多主观决策的参数。

近年来，英国大学根据中国大陆市场申请量激增的现实情况，在官方网站上列出的中国大陆学生录取标准越来越细化，而且是公开透明的，并不像大家想象的那样，只掌握在少数留学中介手里。而这些列明的录取标准，一般来说没有“伸缩”的余地，因此，需要在申请前，充分领会英国入学要求的相关规定，而不是“铤而走险”。

比如，排名相对较高的英国大学或专业，平均分要求一般是80分以上，对国内“985”或“211工程”大学的学生，有特殊照顾，可以宽限到75分，而低于标准线一分或两分的是不予考虑的，除非该专业招生情况不好，临时性地做出调整，而这种临时性的“放松”是不会在大学官网或留学中介的展会上公布的。

拒信的“威力”：徒劳的执着

英国大学对录取标准的“严控”，几乎达到令人发指的地步。

我曾经工作过的一所英国大学，要求硕士申请者的大学本科阶段就读于中国前300名的学校，“三本”院校不予考虑，财经类和经济类的专业，还根据毕业院校的排名规定相应的专业平均分数线。在招生过程中，很多中国学生和家长递交申请后，还是希望与英国校方直接见面，通过面试达到“留个好印象”“额外加分”的目的。

其实，这一招儿对英国大学几乎没有作用。申请者即使现场表现再好，“印象分”再高，如果毕业院校、成绩有问题，还是不能入学。

我曾遇到一个平均分90分以上、在全国英语大赛中获得前3名的女生，她很想去我在的英国大学攻读英语教学专业（TESOL），网上申请后她收到了拒信，原因是她的本科院校排在全国500名以后，不符合要求。这个女生是国内大学的优等生，在英语面试过程中，我觉得她的水平比之前面试的那些“985”“211工程”大学的学生好上10倍，但仍然无济于事。

不可否认的是，英国大学“一刀切”的录取政策很可能将一些优秀学生拒之门外。面试不行，把“个人陈述”部分写得漂亮些，来打动英国大学招生办公室，行不行？还真不行。

很多美国大学的录取标准带有比较明显的主观色彩，他们非常看重学生的个人陈述部分。美国人鼓励申请者的个性、长远规划、成绩之外的其他能力的展示，一些成绩平平但特点突出的中国学生因此完成了“逆袭”，进入美国名校。

不过，在英国大学这边，这种情况极少发生，个人陈述基本上不具备“力挽狂澜”的功用，最多只能锦上添花。

上面这两招都不灵了，能不能疏通疏通关系呢？也不能。

一次，我工作的英国大学与国内合作院校会议结束后，中方隆重接待，吃的是山珍海味，喝的是琼浆玉液。酒过三巡，菜过五味，国内大学领导与英方副校长私下聊着，希望帮当地教育厅领导的孩子解决一下留学问题，还特意说，学生条件不错，只是分数稍稍低了一点儿。

酒桌上被托办的事，英国人不置可否，事后再提起，回复一般是“你最好与×××联系，我不负责这项业务”。即使托对了人，答复也常常是“按照学校的入学规定……”吃了也白吃。

奇葩的拒信：英国大学的“霸王条款”

收到拒信，学生、家长、留学中介都不痛快，为了给各方一个更明确的交代、更合理的“台阶”，总要与英国人理论理论。当然，理论是允许的，但结果又能如何？我多年前遇到的一件事，能够看出英国大学的“冷酷”。

国内合作院校的两个同班同学，学校背景、学习成绩、雅思成绩等，几乎不相上下。在申请过程中一个拿到了offer，另一个却被拒了。被拒的一方自然很懊恼，通过学校的国际办公室向英国大学写信，询问怎么回事，而且把另外一个同学的材料作为附件也发过去了。

英方回信说，“维持原判”，因为每个申请人的具体情况还是有差别的。这个看起来完全站不住脚的理由，自然招致被拒学生继续理论。拖了很长时间，英国大学回信，内容与上一封回信一模一样。

事后通过私下了解才知道，原来英国大学发出的那个offer实际上是个错误，应该是操作失误，但发出的offer不能轻易收回，而对其他类似背景的学生当然要“坚持原则”，不给offer了，而且英国大学绝不可能为此而道歉。

文化冲突最大的拒信，发生在不同英国大学录取标准的差别上。同一个学生，同时申请了综合排名前10名的一所英国大学以及排名前30名的另一所英国大学，结果大跌眼镜，前10名的学校给了offer，前30名的给了拒信。而这个学生表示一定要上前30名的这所大学！于是他委托了留学中介开始理论，并在邮件中附上了前10名大学的offer。

这个前30名大学回复的大体意思是："祝贺你得到了某某大学的offer。但很可惜，你没有达到我们学校的录取标准，很遗憾，你没有被录取。"不同学校的标准不同，这也能看出不同学校的优势和实力。

本着教育公平的原则，英国人不会以学校的排名来衡量录取标准的高低，同时，他们的潜台词是：我招生的尺度由我自己定，别人怎么样，与我无关。

英国脱欧对中国留学生的影响

英国“脱欧”对中国留学生的影响，成为国内媒体炒作的话题，媒体的切入点往往是政治或政策层面，而没有从文化、社会治理等微观角度审视。

2017年2月10日下午5点30分，在北京城市广播《教育面对面》（FM107.3兆赫）节目直播间里：背景音乐的音量渐渐小了，主持人播放了一段新闻导引：

英国议会下院本月初投票决定支持政府提交的“脱欧”法案，授权首相启动“脱欧”程序。这意味着英国向正式开始“脱欧”又迈进一步。虽然在全民公投“脱欧”之后有人乐观预计不会影响留学生群体，但随着英国“脱欧”步伐加快，特别是在英首相特蕾莎·梅在“脱欧”演讲中没有提出针对青年一代、为本国学生及留学生提供保障的具体措施之后，有分析人士悲观预计，一旦“脱欧”计划尘埃落定，将会为留学生们带来极为不利影响。英国脱欧后留学是否有“后遗症”？

我应邀作为嘉宾参加了节目的直播，与英国诺丁汉特伦特大学的研究生Amy一起回答英国脱欧对中国留学生的影响的相关问题。

英国“脱欧”：完全出于意料的重磅炸弹

主持人是节目的总负责人张老师，首先他向我抛出了第一个问题：“当初英国脱欧公投通过之后，赵老师您的第一反应和感受是什么？”

“完全出乎意料，我当时的第一反应是——英国人疯了！”我的回答是实际情况。2016年6月24日得知英国“脱欧”的消息时，“海外高校促进会”（英国、澳大利亚、美国等大学驻华代表组成的社会团体）的校代微信群就开始爆炸式地刷屏了，尤其是英国大学校代，反应尤为激烈。

要知道，我在英国公投前一周还发表了题为《脱欧？别上了卡梅伦的当！》的文章，这也多少代表了英国校代的基本观点：就像曾经预测苏格兰不可能脱离英国一样，英国当然也不可能脱离欧盟，这不过是政治的把戏！

事实上，我目前工作的英国诺森比亚大学的很多英国同事也抱有相同的观点，当“脱欧”的结果公布后，冷静、内敛的英国人中，竟有不少人爆了粗口，甚至与支持“脱欧”的同事、朋友、亲属发生了激烈口角。

“脱欧”的直接利好：留学又便宜了

从经济角度说，英国“脱欧”当天，全球股市、汇市激烈震荡，英镑对人民币又下跌了10%。根据预测，英镑走低的势头还会延续相当长的时间。相比我留学的2003年（1英镑折合13元人民币）、在英国工作的2005年的英镑高位（1英镑相当于16元人民币），当下留英的中国学生可以说是太赚了！

算下来，一年到英国的全部开销——包括学费、生活费在内——大约在二十三四万人民币，这还是按照学费较高的专业和大学计算的。

“梅姨”还有狠招儿吗?

媒体对“脱欧”背景下留英看衰的直接原因，还是现任英国首相特蕾莎·梅（Theresa May）本人在移民问题上的强硬立场。

我本人2003年至2004年在英国格拉斯哥大学攻读MBA，那时英国内政部还是鼓励欧盟以外的留学生在当地就业的，其中最重要的举措就是PSW（Post Study Work）签证，为有意留在苏格兰工作的毕业生签发两年的PSW签证，也叫Fresh Talent签证，英格兰则是一年，找到工作后，由雇主为外籍员工申请工作许可（Work Permit）。

2010年“梅姨”出任英国内政大臣后，力主修改移民法案，限制欧盟之外的人员在英国工作，最终促成了2012年起全面关闭PSW签证的惨剧。这一措施的直接后果是印度留英市场的“崩盘”，希望得到英国工作许可证的众多印度学生不再考虑把英国留学作为跳板，转向了美国、澳大利亚等国家和地区。

不过，英国政府将海外留学生作为移民对象的出发点，在“脱欧”之前很可能是针对亚洲地区的英联邦国家（印度、巴基斯坦、马来西亚等），在“脱欧”之后则是东欧国家，中国留英学生与此关联度不大。

实际上，不管有没有“脱欧”事件，中国学生留在英国工作的概率一直不高。

2003年以后，欧盟“东扩”的步伐加大，东欧人不断进入英国，享受当地人的待遇，就业也被优先考虑，那时中国人的工作竞争对手是匈牙利人、波兰人、捷克人。

如今英国“脱欧”，按照这个路径发展，东欧人会减少，而我们的竞争对手又变成英国人了，难度不相上下。

“脱欧”不会导致中国学生的扩招

在欧盟体系内，当东欧的大量移民干扰了英国人的就业和养老时，英国人内心深处排斥性的“界限”遭到了挑战，他们担心由于“全球化”丧失自主权。于是，他们“一刀切”地将国际留学生作为移民倾向的人群对待，与“小国寡民”的北欧国家一起抵制针对叙利亚难民所应承担的国际义务。

按照这个逻辑推导，“脱欧”后，来英国留学的外国人会减少，这是否意味着英国大学会降低录取标准以吸引更多的中国学生呢？答案是否定的。

英国高等教育体制是公立院校占绝对主导地位，政府拨款是重要的经济来源，英国经济在2008年金融危机后虽然已经触底反弹，但仍处于谷底上行阶段，政府财政捉襟见肘，教育经费投入不足。如今英国大学的财务预算进入到历史上少有的严格管控期，按说采取扩张性的“营销”策略吸引中国学生确实是短期见效的方式。

从普遍意义上看，很多英国本土学生及欧盟学生还需要申请助学贷款，而中国学生一般可以付全款，也就是说，中国留英市场是英国高校的“提款机”。不过这也只能是表象。英国大学的行政管理与学术管理分离，如果说“创收”是校长、院长的事儿，那么学生录取则要听院系老师的，行政不能干预学术，这样一来，英国大学的中国学生占比一般不会超过10%（当然，商学院的中国学生往往比例较高）。

这里面还有一层文化内涵。英国人希望建立多元化的文化体系，而不希望某个国家和地区的人群权重过高。直到今天，有些英国大学仍然保持着对申请较多地域的招生人数配额制。

留英学生的特殊诉求

其实，尽管“脱欧”前英国长期是欧盟成员，但它的地位非常特殊，总是独树一帜：英国签证不加入申根体系，也就是说拿着英国签证不能随便出入欧盟其他国家，还要单独申请申根签证；英镑不属于欧元区，还要单独兑换；英格兰地区的大学自从卡梅伦上台后就不再免费了，本国学生如此，欧盟国家学生也一样，只不过与英国学生（主要是英格兰地区的人，苏格兰地区的大学仍保持免费）标价一致。

英国“脱欧”对中国留学生的影响，成为国内媒体炒作的话题，媒体的切入点往往是政治或政策层面，而没有从文化、社会治理等微观角度审视。实际上，英国现有的制度早在几个世纪前就基本定型了，作为老牌资本主义国家，英国社会的稳定性超过很多其他国家，大风大浪都走过来的大英帝国，不会因为“脱欧”而乱作一团。即使遇到这样的“硬着陆”事件，凭借英国人的沉稳和理性，完全可以和平过渡，就像1688年的“光荣革命”一样。善于妥协的英国人不会采取“休克疗法”，几百年积累下来的文化内核并没有变。

在教育实力之外，文化底蕴恰恰是英国留学最大的吸引力。来英国留学的中国人、欧洲人、美国人等等，可能会考虑“脱欧”后增加的成本，但只要对英国文化的信念不变，“脱欧”对留英的影响应该是微乎其微的。

留学英国还安全吗？

学生和家长在留英前有顾虑，完全可以理解。如何客观、冷静地分析目前英国的局势，对留学圈的业务至关重要。总体而言，在英国，安全问题还算不上什么突出的矛盾，也不会动摇英国作为中国学生全球第二大留学目的地的地位。

2017年7月9日，留学圈内好友、番茄公寓的李总邀请我在“留学生海外安全课堂”上做演讲，回应留英学生和家长的问题和顾虑。

文化视角解读英国政局

在过去的两年间，英国“脱欧”给外界造成“政局不稳”的印象，这么大的“动静”出乎很多人的意料。在大多数情况下，保守的英国人不会轻易改变，希望维持现状。但前提是，不能委曲求全。

我于2003年至2004年在英国格拉斯哥大学攻读MBA，那时正赶上欧盟“东扩”，而且布莱尔政府时期经济稳步增长，所以英国政府鼓励欧盟以外的留学生在当地就业。其中最重要的举措就是PSW签证，为有意留在苏格兰工作的毕业生签发两年的PSW签证，英格兰则是一年，找到工作后，由雇主为外籍员工申请工作许可。但到了2008年后，金融危机使英国经济进入萧条期，那时给我印象最深的是，英国第二大银行苏格兰皇家银行负债数百亿英镑，险些倒闭。

而欧盟体系内，东欧的大量移民已经严重影响了英国人的就业和养老。据说仅爱丁堡一地，匈牙利人几乎占到了全市人口的1/10。与此同时，希腊、西班牙、意大利财政危机严重，几乎到了“国家破产”的边缘。欧元区沉重的债务负担波及整个英国，导致英国政府财政捉襟见肘，苦不堪言。英国人内心深处的“文化边界”遭到了挑战，他们担心由于“国际化”丧失自主权。英国人既不期望发号施令，也不喜欢俯首称臣，他们希望自己做主。

2010年，卡梅伦政府修改移民法案，限制欧盟之外的人员在英国工作，最终促成了2012年起全面关闭PSW签证的局面。

不过这里面有一个问题需要澄清，英国人虽然骨子里傲慢，但他们并不歧视外国人，也不敢歧视外国人。制度化的自由、民主是英国人首创的，几个世纪积累而成的法制观念、理性思维、平等意识，已经成为根深蒂固的文化传承。英国人不能容忍歧视、虐待、戕害、人格侮辱，这在英国是属于重罪范围。

媒体对安全形势的解读

2017年5月，我接受《广州日报》记者电话采访时，特意强调了中英两国媒体报道方面的体制差别。英国媒体基本上是私人占有，媒体相互之间竞争激烈，对突发事件比较敏感，反应快，报道力度也很大。特别是对恐怖袭击、大火等要闻，电视、广播、报纸、网络常常是长篇累牍地连续报道，造成铺天盖地的声势。英国人对此习以为常，并不觉得有什么异样。但这样的声势会给中国国内的受众造成一定的心理压力。

国内媒体的作用是喉舌，国外媒体的作用是监督。这样一来，英国新闻报道的形式传到国内，从事件发展进程，到专家点评，尺度都很大，给国内造成一种印象——英国的安全环境比国内差多了。显然，这是国内不了解英国媒体的报道方式而造成的误解。

另外，英国媒体的尖酸刻薄、冷眼旁观，与英国人的思辨意识密不可分。

英国人的观察角度往往先从事物的负面切入，然后再进入正面的部分，正负相权衡，才做出定性判断。英国人这种略带悲观色彩的辩证思维，让他们近乎刻板地追求理性，因此得到英国人的正面评价并不容易。

遇到重大事件，从媒体上总能感受到英国人冷冷的评论，或是笑里藏刀（应该是冷笑）地批评英国政府无能，或是因为正常生活受到影响而用外交辞令宣泄心中的不满。这样一来，会加深中国的负面印象，而且似乎还有当地人的“佐证”！在英国学习、生活、工作了十几年，我能够理解英国人“言过其实”的那一面，他们说得都对，但实际上没有那么严重。我还是相信，这个国家完全没有报道的那么可怕。

圈内人的观察和评价

尽管英国大学国际办公室的同行常常把安全挂在嘴边，有时甚至大谈英国城市如何安枕无忧，以迎合中国家长的心理诉求，但“9·11”之后的世界确实没谱，还要理性对待。

英国同事J经常来中国出差，他经历过G20峰会时期的杭州、“一带一路”峰会时期的北京，耳闻目睹遍布市区的荷枪实弹的警察（尤其是特警），主要街道两旁“戴红箍”的老头儿、老太太，地铁里长龙般等待安检进站的人群。作为理性的英国人，J很少说奉承话，他一方面担忧英国的安全问题，另一方面又对中国维稳措施感到不大舒服。

我一边圆滑、附和地点着头，一边感觉英国人还是没有掌握辩证法的精髓——他们虽然看到了事物的多个侧面，却不善于在短时间内定性、决策，不能当机立断，从而延长了试错过程。

以2005年在苏格兰举行的八国集团（G8）会议为例，当时我还在英国工作，来往于格拉斯哥和爱丁堡之间，也见识了英国最高规格的安保措施。

平日的格拉斯哥几乎看不到警察，而会议期间连英国陆军都出动了，防爆车、装甲车游弋在街头，直升机在头顶盘旋，一个安静、和谐的城市看上去“战云密布”。

即便如此，就在峰会进行的第二天，伦敦便发生了历史上最严重的地铁恐怖袭击，伤亡惨重。要知道，12年过去了，英国至今还没有地铁安检系统，估计又被市议会否决了。相比而言，中国人比较强调主要矛盾，应变能力强，再加上从上至下的组织能力，能够建立世界上最严格的安全保障系统，而且拥有世界上最严密的基层动员和调度机制！

我问J，在英国，谁为公众的安全负责？J犹豫了一下说：“Ourselves（我们自己）”。英国人不指望政府，因为他们对政府往往很失望。由此我们也许能明白，为什么发生了重大人身伤害事故后，中国人会哭天喊地向政府要人，而西方人却默默地跪在一旁向上帝祈祷。

国内更希望壁垒森严，房子有防盗门、街上有警察，这样才安全。但在英国，人们反而会因为受到约束而恐慌。

2017年6月21日，英国女王伊丽莎白二世在英国议会发表演说，她用几乎1/3的篇幅重点阐述对国家安全的强硬态度。

多年来，英国在反恐和确保公民自由的天平上始终左右摇摆、投鼠忌器。此次公开提出要建立反对极端主义委员会

（commission for countering extremism），同时抑制极端思想的网络传播，反恐终于进入了制度保障阶段。

本来留学安全方面的事儿，不好说太多，担心造成不必要的误解和恐慌。学生和家长在留英前有顾虑，完全可以理解。如何客观、冷静地分析目前英国的局势，对留学圈的业务至关重要。总体而言，在英国，安全问题还算不上什么突出的矛盾，也不会动摇英国作为中国学生全球第二大留学目的地国的地位。

我当年留学时，每个周末都要给家里打电话。所以建议年轻的学友，平时别忘了常与家人保持视频通话，让父母放心，这样自己才能更安心地在英国学习、生活。

留学英国旅途攻略全记录

我趁回英国出差的机会，按照自己多年的经验，把乘机、中转、入境等问题做了一个小攻略，希望去英国留学的同学能用得上，也让父母放心，人在国外丢不了！

直播开始。北京时间2017年4月2日上午9点25分，我来到北京首都机场T3航站楼，准备搭乘英国航空公司（英航）经伦敦转机去纽卡斯尔，参加英国诺森比亚大学的内部会议。

我想起2003年8月去英国留学时的行程，与今天差不多，第一个航段也是英航BA038，也是从伦敦转机，只不过终点是格拉斯哥。

说实在的，还真没想给英航做广告，中国与英国之间很多航空公司，国航、南航、东航、海航、荷兰皇家、维珍、汉莎、法航、阿联酋航空等等，各有优势和特色，选英航这事儿咱们慢慢解密。

建议提前在航空公司官网或手机APP上办好值机（check-in），这样就可以享受特殊通道，加快托运行李的办理速度。手提行李查得比较严，只能带两件：一个小箱子、一个背包，甚至一个西装袋都被认定超出了标准。英航地面服务人员在乘客上飞机前还要单查一遍护照，并警惕地盯着每个人的手提物品，提前“拦截”，而且个别人态度生硬、冷淡。

英航在英国人民心中的地位曾经比较Low。我当年在英国读MBA时，英航的体制改革就是课本中的案例。英航曾经是大国企，这个BA被公众辛辣地解读为Bloody Awful，缺点是服务差、航班延误率高等。撒切尔夫人执政时代，英航经历了彻底的私有化改制，如今已经浴火重生、今非昔比了。

北京这边查得严，到了英国那边反倒没这么多事儿。上了波音777飞机，干净、利落、座位舒适，机上娱乐系统非常好，看三四个电影就到伦敦了，不会太难受，不会觉得时间太长。空乘心平气和，服务从头至尾，一样一样慢慢来，不像有些航空公司，还没坐稳就催着赶紧吃饭，吃完赶紧收拾，然后就没人搭理了。

悬窗外的伦敦蓝天白云，完全没有狄更斯笔下“雾都”的影子。不过此时，航班已经比预定到达时间晚到了将近一小时（又是北京首都机场流量控制）。在伦敦入境、安检，至少也要花去40分钟，距离下一个衔接航班的时间也就剩一个小时了。

打了这么长时间的伏笔，该“抖包袱”了。

乘坐英航，路上时间长，票价也不算便宜，但我还是建议留学可以首选英航，因为它有其他航空公司不具备的优势——中转方便。从国内到英国直飞的门户点只有伦敦和曼彻斯特，在这两个城市之外的英国大学，就需要中转了。英格兰南部、离伦敦较近的城市，到了伦敦后坐火车就可以了，虽然没有国内高铁快，时间不会太长，毕竟英国地方小，领土面积比日本小1/3呢。

英格兰中部、离曼彻斯特近的城市，在曼城坐火车也方便，不过曼彻斯特的直飞航班开通时间不长，班次少，作为中转站还有待观察。

伦敦是英航的枢纽航站，从这里向英国很多城市辐射的航班密度基本上可以做到一小时一班，即使国际航段航班延误，错过了预订的衔接航班，也可以顺利转移到下一个航班上。而且，英航所有航班都在伦敦希斯罗机场（Heathrow）第五航站楼（Terminal 5）起降，节省了中转时间。

这样看，除伦敦及周边城市外，还是坐英航从伦敦转机最省心。从伦敦下飞机再转机的过程也有必要描述一下。进入第五航站楼后，需要沿着All Flight Connections的紫色图标走，中间还要搭乘一段地铁，与首都机场的形式一样。

相同的图标、图示很清晰，跟着这类箭头一直到UK Border，相当于中国边防性质的入境检查站。进入检查站前，航空公司的工作人员会先看一下乘客的联程登机牌、护照。此时还需要填写一张入境卡（landing card）。以往航空公司会在乘客下机前让大家填写好，但这次英航没有这项服务了，不知道原因。到UK Border排队时，有专门的标牌提示，要填写入境卡。请到专门的工作台上自取卡片，用英文大写字母填写内容。

过边检时，中国人的英语可能要经历一下小考验。边检人员会随意问一下入境的目的、天数等，镇定自若、言简意赅的表现，只需要20秒钟就够了（还包括按手印的时间）。支支吾吾、所答非所问的，估计要等几分钟，有可能被要求出示证明材料。不一定是刁难，人家听不懂，肯定是要看书面文字的凭证核实一下。过了这一关，还要安检。英国的检测仪比较“人性”，人过去了，机器没响，肯定就不用搜身了。

安检通过后，才算进入第五航站楼的大厅。这个航站楼很漂亮、很方便，到处都是免税店，到处都是国际名牌。不过，先别忙着买东西，此时的关键是要找到下一个衔接航班的登机口，这在登机牌上是没有的。

希斯罗机场登机口管理的方式比较特别，一般在登机前一小时内（甚至更短时间）才公布。此时，距离下一个航班的起飞时间差不多一个小时，而我到纽卡斯尔航班的登机口在大屏幕上还处于待定状态。

我的登机口定在了A19，于是跟着图标走到登机口就好了，这个候机楼最远两端的步行时间最多10分钟，妥妥的。

有了这么个小攻略，家长朋友应该不必为孩子坐国际航班担心，走不丢!

英国天气最准确的概括

英国的丘陵地貌，路面也随着地势忽高忽低；天气多变，阴晴无常，雨雪交替，仿佛“天无三日晴，地无三里平”的贵州。

留学英国的行李总是比较纠结的事，尤其是衣服。总是听人说英国冷，而实际上，英国的天气特点是凉（cool），而且是一以贯之、四季如“秋”。

需要说明的是，这种概括是基于咱们中国人的平均体格特征做出的。在英国，一年四季都能看到有人穿短袖，这些先天强壮的肉食人类，不能与咱们阴阳调和、荤素搭配的东方格调相提并论。

人们常常将纬度与温度联系在一起。英国所处的纬度较高，苏格兰首府爱丁堡与中国最北端的漠河几乎在同一纬度上，也许这就是很多人以为英国冷的原因。不过北大西洋暖流途经不列颠，带来了温暖潮湿的海洋性气候，比欧亚内陆还是要暖和多了。

英国的冬天，3℃到4℃的气温算是低的了，放在国内，应该是不算太冷的，再加上常备的电暖气（有些家里还有壁炉），室内温暖如春，感觉在北京的家中一样，穿个薄毛衣足够了。要是经得起江南、华中和华南冬天的寒意，在英国简直是特别舒适。夏天20℃左右，连空调都省了，早晚还要添一件厚些的外衣才好。

2004年我还在格拉斯哥大学读MBA时，报纸上登载着“热浪袭击伦敦”的消息，很多人出现身体不适的症状，其中有些甚至生命垂危。仔细一看，气温也不过33℃而已，这在夏天的北京是再平常不过的温度，到了英国竟成了“热浪”。对我而言，夏天的英国简直是“避暑山庄”，最怕热的我，在这里省去了大汗淋漓之苦。即使如此，体感温度常常偏低。

英国阴郁的天空常常还是让人有些透心凉的感觉，这里下雨是常态。还好，多是阵雨，很少有国内南方恼人的“阴雨霏霏”。风和雨常常并行。格拉斯哥的劲风堪比北京，更多了些肆无忌惮。所过之处人瑟缩，伞变形，雨狂舞，进了旋涡般身不由己，伞当然也顾不上了。

我从国内带来的折叠伞很快就被吹坏了，而当地人用的多半是直拉型的伞，伞盖很大，伞柄又粗又长，这样才能对抗一阵。不过，在格拉斯哥打伞似乎总让人进退两难。细细的飞屑弥漫开来，润泽枯草，油亮干枝，洗涤心绪，此时伞显然是多余了；一片乌云狂躁地涌过来，急不可耐地宣泄一阵苏格兰的千年牢骚——直抒胸臆，怒不可遏，10分钟内倾盆而出，此时不带伞着实不爽。格拉斯哥的雨是出了名的，难怪当地人会在下雨时向你打趣地说一句：Welcome to Glasgow!（欢迎到格拉斯哥来）言外之意，别大惊小怪的。很多人干脆不用伞了，穿着防雨布料做的套头衫，一般情况下可以对付了。

格拉斯哥虽然风大，但风带来的一般是湿润、洁净的空气，对我而言，常年生活在空气干燥、尘土飞扬的北京，搬到英国简直是到了疗养胜地，润泽的风和雨，治好了我的咽炎和鼻炎，我的那张“老干脸”也“水灵”了不少。

阴雨天英国的天气常态，人们对阳光的追求无以复加。

留学期间的2003年9月，格拉斯哥天高云淡，阳光灿烂，当地人似乎对连续的晴天有些招架不住，街上赤膊者（男性）不少女士们大多穿露背装，草地上躺着很多享受阳光的人。

当地人可能会担心，这个如火的夏天透支了太多的阳光，今后的预算该重新调整了吧。

英国大气透明度比较好，相对而言紫外线辐射强烈，而英国人近乎贪婪、不分季节地拥抱太阳，确实也承受着灼伤、皮肤癌的风险。即使如此，在英国，真正需要穿夏装的时候并不多，对于中国留学生而言，夏装不要紧，冬装倒是应该备好。对天气多变的体验我还是在一节MBA课上，那天上午，碧空如洗，我坐在窗边的位子上，旁边的苏格兰同学Linda向我打招呼：

“Hi Andrew, how are you doing?”（Andrew，你好吗！）

“Hi Linda. Thanks. I am doing good. It is a beautiful day, isn’t it? ”（Linda，你好，我还好，今天天气真不错！）

Linda显得有几分犹豫，翻了翻眼睛，头也晃了晃，回应道：

“Not too bad by now. Who knows what is going to happen next? We are in Glasgow.”（到目前为止还好吧，谁知道过一会儿会怎么样，别忘了咱们可是在格拉斯哥。）

“All right then. Let’s wait and see. ”（那好，咱们等等看。）

我应激反应似的笑了笑，开始进入上课状态。刚刚过了10分钟，窗户震响，我一侧头，刚才晴空万里的蓝天变得阴云密布，狂风推搡着玻璃窗。

教市场营销学（Marketing）的任课教师也像被这大风吹到似的，他滑稽地做了一个猝不及防的躲闪动作，并说：

“Let’s calculate the possibility of snowing after speculating the market trend. ”（咱们预测完市场变化趋势后，一起计算一下下雪的概率有多大？）

一片会意的笑声中，我和Linda四目相对，她挑了挑眉毛，我竖起了大拇指。

快下课了，我正在整理笔记，Linda拍了拍我的肩膀，向窗外努努嘴。我一扭头，天啊，视野里只剩下一条条白色的斜线，校园完全被淹没其中了。

我扭过头来，对Linda说："You said it."（还是你说得对！）

此时老师一边收拾教案，一边打趣地说："Good timing, isn't it? Enjoy yourselves in Glasgow. Bye guys."（来得真是时候，是不是？在格拉斯哥好好享受吧，再见了伙计们。）

可能是天气经常带来意想不到的变化，成了大家的谈资，当地人是三句话离不开天气，几乎成了口头禅。与英国人见面总免不了这些句子：

It is cold, isn't it?（真冷啊，是不是？）

What a beautiful day!（天气真不错！）

No worries. Tomorrow will be clear.（别担心，明天天气会好的。）

不过这些与咱们北京人说的"吃了吗"没什么两样，不过起到打招呼、引出话题的功效而已，没人真正关心是否吃过了，也没人每次都在意天气冷还是不冷。

留学英国校外租房纪实

在英国“校外”租房子，是很具有市场经济的体验过程。“国际社会”的生存方式还是不同于国内，比如不同的“安全观”在一起碰撞，也是文化磨合的印迹。

没有围墙的英国大学，说来说去，“校内”与“校外”的差别并不大。我留学时在英国格拉斯哥大学读MBA，格拉斯哥大学已经是有完整校园的布局了，但居民楼紧挨着教学楼，要说到学校图书馆和商学院的距离，宿舍区其实与民居楼差不多。

在英国住宿的逻辑与国内正好相反。

在国内，学校宿舍是最便宜的；而在英国，学校的住宿虽然包bill（电费、煤气费包含在房价里，不用单付，而且苏格兰用水是免费的），但价格较高，不能砍价。

英国市场经济，首先体现在周边居民区的住宅上，完全市场化，供需关系决定房租走势。也就是说，可以砍价（bargain）。谈判手段很重要，一个人租公寓中的单个房间肯定是不合算的，几个人合租、整体砍价自然是最理想的，可以归功于规模效应或集体的力量！

2003年因为“非典”，我到格拉斯哥大学已经很晚了，先在学生宿舍暂住了两周。房间很小，大概六七平方米，只有一张贴近墙壁的长桌，一把椅子，一个衣橱，一个洗手池，还有一张床，洗手间和淋浴房在过道，需要共用。大部分情况下，英国学生宿舍都是一人一间。如果不是一年期租用的宿舍已经订完了，我可能就住在“校内”了。

我找到学校的住宿办公室（Accommodation Office），询问附近的房源，得到了一张周边房屋指示图，粉色的。找了几家，都说已经租出去了。

我正在准备去下一家时，忽然见到对面两个学生模样的人正在聊着什么，手里也拿着那张粉色的纸。我们3个人像对暗号一样，彼此看了看。其中那个高个子先向我打招呼，我凑过去搭话，才知道找到了“组织”。

高个子叫Markus，德国人，在格拉斯哥大学学数学，本科；另一个背吉他的是Berry，英格兰人，贝克汉姆的老乡，还是个高中生。Markus已经找到了住处，但希望拉两个室友同租，一起与房东砍价，Berry刚加入，还缺一个。我不假思索地答应了。地址在Kersland Street，名称上是“街道”，其实不过是一条小巷子，走到头，临近Great Western Road，有一个9号楼，我们敲开了二层的房门，一位白胡子老头缓缓地向我们打招呼。

他头戴前后双沿儿格子帽，一身格子西服，系着红色领结，穿着尖头皮鞋，如果再配上一个烟斗，一定是老年版的福尔摩斯。他把耳朵凑近我们，让我们重复了各自的名字，然后介绍他自己。他叫John，今年88岁了，他的老伴儿Mary已经91岁了，但他仍可以开车，还指了指楼下那辆样式古老、方头方脑的欧宝车给我们看。

John说要带我们看看房子，于是缓缓地挪动着走下台阶，绕过一个栅栏门，又往下走了几级台阶，我才注意到这个半地下的建筑——好像9号楼的地下室，不过又不像，原来是一层，因为起伏的地势，看起来低于门前的街道。

John颤巍巍地用钥匙打开了房门，没有防盗门，窗户上也没有防护栏，门锁竟然是老式的撞锁，在国内都不一定能找到了。不过，Markus和Berry对此似乎并不在意。

室内光线有些暗，打开灯，一个典型的三室一厅呈现在眼前。厅里铺着地板革，卧室的地面铺着厚厚的地毯，稍稍有些味儿。

John眉飞色舞地说道，房间两年前刚重新装修过。销售的“贯口活儿”告一段落，轮到我们3个“反击”了。谈判期间，John几次打岔，一会儿带我们看卫生间，一会儿介绍厨房的注意事项，他还趁Markus和Berry聊天的空当儿，拉着我说起自己佩服毛泽东、邓小平，不喜欢鸦片战争，然后不失时机地对我窃窃私语，说可以单独给我优惠。

我惊异于John的营销策略，他是我见过的最年长、最有活力的谈判者。

终于，我们把整个房子的租金固定在每月600英镑，不包bill，然后再根据房间的大小做了分配。我要大间，每月220镑；Berry要小间，每月180镑；Markus选中剩下的一间，每月200镑。这比学校的租金至少便宜了100英镑。

我们高兴，John也很高兴。不过，我还是有些不放心地问了问门锁的事，John似乎看出了我的心思，不紧不慢地说："No worries. We are in West End. You can't have a safer place."（放心，这里是格拉斯哥西区，没有比这儿更安全的地方了。）

后来我才发现，附近的楼群都是用的这种锁。在整个英国，城市的西区一般都是富人区，非常安全，在这里，防盗门窗、安全锁像空调一样多余（这里夏季凉爽，不需要空调）。

两周后正式入住9A Kersland Street，这就是我在英国的家，住了整整一年。有国际室友陪伴，切身感受到了"国际社会"的风范。

不过，说了半天街头"邂逅室友"的传奇经历，还是太偶然、太碰巧了。这种颇为古典风范的DIY，还属于那个怀旧的、资讯封闭的年代。如今去英国留学，DIY的倾向没有我当年那么风行，家长会抱怨新时代的中国学生太懒、太依赖，其实这其中的合理性在于互联网惊人的服务功能。服务业的野蛮生长，让一切都简单了。

在英国大学宿舍、民居租赁之外，商业机构运作的学生公寓风起云涌，而且再也不用担心了，肯定有防盗门。怪不得番茄公寓的李总不再做英国校代，他瞄准学生公寓的商机，仅用20分钟就拿到了腾讯联合创始人的天使投资，进军留学地产了。与这位曾经的校代同行聊天，我才领教了资本的力量。有利可图的领域，往往是新的需求所带动的新的市场细分。英国大学宿舍、民居业主“卖方市场”的年代正在翻篇儿。

英国大学宿舍采用“统一分配、先到先得”的模式，没有太多选择余地；民居租赁的选择面要宽很多，但与业主谈判、协调的成本也不低，对刚到英国、人生地不熟、英语还不利落的学生而言，确实比较麻烦。于是最市场化的学生公寓终于浮出水面，主动迎合学生的各种“超常规”要求，仅番茄公寓一个公司提供的公寓房间数就超过了30多万个、遍布40多个英国城市，要知道每年中国留英学生总量最多也不过十四五万，真正的留英住宿领域的市场经济终于到来了。

中国政府倡导的“互联网+”创新模式，在留学地产已经是标配。就以番茄公寓的线上预订服务为例，简直就是另一个“携程”，英国大学校外学生公寓的所有信息一目了然，肯定不需要再去街上找传单了。看来现在留学英国，住在哪里也能作为学生性格特征的衡量尺度。住民居的最富有国际风范，住学校的最听家里人的话，住公寓的最懂得享受市场化服务。

舌尖上的英国，你懂的

“舌尖上的英国”让人好奇，而结果往往让人失望，其实饮食上，英国还应该属于欠发达地区，不过点破了这层窗户纸，又会自讨没趣。

中国教育电视台的《留学为你来》栏目邀请我去参加春节档期的录播，主题是“舌尖上的留学”。现场帅气的主持人Peter带着3位英美留学的美女Amanda、Shirley和Amy，外加我（英国骨灰级校友），一起讨论留学地的饮食对中国留学生的影响。

不聊不知道，区区4个留学生，居然都是“吃货”！Amanda和Shirley两个“亲美派”更是“令人发指”，当年留学时竟然能开车八九个小时去某地吃涮锅子！听口音还是北京人，这也算是皇城根儿下的文化，不服不行。

听她们俩讲到美国大学到周五就开始的彻夜派对，我当时就觉得留英这拨儿人怎么这么憋屈，为什么经常到了傍晚就没地方去，只能眼巴巴看着店铺打烊。想来想去，总觉得英国没什么可吃的，从饮食的角度分析，英国还应该属于欠发达地区。

英国人为什么喝下午茶？

在西方社会，喝茶的国家真不多。我记得留学英国时，德国室友说，他们德国人只有生病的时候才喝茶呢，而美国人更是以喝冰水见长。

英国人乐此不疲，在英国的历史发展中也融入了茶叶、瓷器、丝绸等很多东方元素。不过，茶和咖啡之外，他们也没有喝热水、温水的习惯，而最多是tap water——自来水。在英国待的时间长了，我很喜欢那里的英式红茶，袋装，味道有些重，但很暖胃。

下午茶可能是源于英国维多利亚时期，也就是茶点的配套。甜点比较讲究，蛋糕、饼干搭配，而瓷质的茶具（茶杯、茶壶、托盘等）更是雅致，很有些中国味道，也许是当时贵族中时髦的“中国风”。

英国人的饮食习惯是“两头沉”，早饭、晚饭吃得很多，而中午一般比较凑合。我的英国同事大部分时间没吃过什么“正经”午饭——一个苹果，或一个三明治，或一杯咖啡，或一碗蔬菜沙拉。

当年留学的时候我就感受到了，上午和下午的课往往只间隔1个小时，有时甚至只有45分钟。本来嘛，按照英国人午饭这个吃法，10分钟足够了，而且他们也没有午睡的习惯，这可苦了咱们中国同学。

我当时中午只能在学校的食堂（cafeteria）凑合一顿，一碗汤，一份意大利面，一盘沙拉，也能吃饱，毕竟中国人午餐很重要，午睡的习惯是花了一段时间才“戒掉”的。

这样看，英国人实际上是吃4顿饭：他们的下午茶时间（下午4点左右），是对中午的有效补充，由此晚饭前也不至于太饿。

炸鱼和薯条

英国饮食的标志是不是炸鱼和薯条（Fish and Chips），应该还有争议。

按说炸鱼这道“美食”还是挺讲究的，英国当地的海鱼非常新鲜，炸出来外焦里嫩，金黄色的，香喷喷的，但量过大，也不卖小份或半份，而且还要加上几乎相同重量的薯条——又粗又大，叫薯块儿更准确，铺了满满一大盘。

这一堆倒进肚里，后果可想而知。我第一次吃的时候，午饭、晚饭全有了，直到第二天中午都不饿，打嗝儿还是这个味儿。吃一顿顶三四顿，虽然经济上合算，但这种油炸食品，常吃恐怕要出问题。

实际上，英国人近十几年来，提倡吃素食的浪潮越来越强烈，而且英国同事平时锻炼的力度普遍高于中国人，跑马拉松、练“铁三”的不在少数，饮食中吸收的高热量能够较快分解掉。

另外，炸鱼和薯条也不是英国人的主要食品。其实，多观察一下就能看得很清楚，中国北方人饿了，想吃些简单的、顺口的，一般会想到面条、饺子，美国人会去买汉堡，而英国人则喜欢三明治。

大约10年前，到英国出差，想吃碗热汤面，很困难，那时英国的中餐馆还是以粤菜为主。如今随着越来越多的北方人来到英国定居，山西的面条、陕西的肉夹馍、河南的烩面也开始多了起来，而且味道与国内已经没有太大区别，很地道。

会做饭的中国留学生是强者

当然，在英国留学，买着吃肯定不如自己做着吃。

这里面有两层含义。一方面，会做饭可以保证营养的相对均衡，说到底，“中国胃”还是适合中餐。在英国，饮食方面带来的效应让人惊愕：男生瘦，女生胖。来自东方的女同学总在抱怨，体重在黄油、奶酪、牛排、冰激凌的夹攻下有些失控。可同样吃了这些东西，男生这边就完全不同了。我属于这类的典型案例，体重不升反降，留学期间的体重至少下降了20斤，这能够反映出咱们中国人对英国饮食的不适应。另一方面，会做饭、能团结国际学生加入中国人的“阵营”，是最好的交际手段。那时，我的宿舍经常成为中国同学聚会的场所，我的室友——德国人Markus和英国人Berry都喜欢吃中餐，一到聚会，大家分工协作，其乐融融。

中国同学先把房间内的烟雾报警器用塑料袋包好——毕竟中餐的油烟还是比较厉害的，然后洗菜、做饭；Berry张罗甜点，英式的甜点虽然热量高，但味道很浓、纯正；Markus负责摆桌子，开红酒，他身材高大，力大无穷，用开瓶器简单拧两下，木头瓶塞冒出个头儿，他3个手指一拉，就出来了！

大家边吃边聊，兴致盎然，效果远远好于英国人惯常安排的华而不实的冷餐会。

让英国人自己说出来，在他们国家没什么好吃的，那没问题，他们也会用这个话题开玩笑。咱们最好别主动点破，否则让不冷不热的英国人听到了，肯定会遭到尖酸、黑色幽默似的反驳。自我批评可以，批评别人——悠着点儿！

英国“首堵”伦敦的公共交通

很荣幸，《国际航空报》的陈主编向我约稿，谈谈伦敦公共交通那些事儿。在英国，飞机、火车、大巴、地铁、出租我都坐过，交通体系完备。总体来说，方便快捷，但不同城市稍有不同，拿伦敦做例子比较清楚。

总算到了！从纽卡斯尔到伦敦，坐维珍（Virgin）特快——这是英国最快的火车了——446千米的路，跑了3.5小时，票价55英镑。这价位快赶上北京到上海高铁二等座了，不过京沪高铁4小时55分钟可以跑完1200千米的行程！中国的后发优势，不服不行。

2015年，中国领导人访问英国期间，向时任英国首相卡梅伦“推销”国内的高铁。我的英国同事不停地摇头，表示不可思议。因为英国人为了得出相对公允的结论，在决策程序上、论证过程上，总要花费超出想象的时间和精力。

他们无不羡慕中国舒适、快捷的高铁，但这样复杂的工程放在英国，首先要说服英国议会，这个论证过程少说也要10年。

从伦敦Kings Cross火车站下车，在出租车等候区里，清一色的黑色出租车（black cab），样子很古老，胖胖的，像个大面包，一下子把人们带回了20世纪三四十年代。

打开车门，乘客的空间出奇地宽敞，是五人座设计，中间有充裕的空间，放我的大箱子绰绰有余。这种车型很实惠，尤其是机场，运送乘客、大件物品效率很高，可惜国内还比较少。

在英国的火车站、机场，打车很容易，不过，其他地方，恐怕就要预约了。

我在《英国留学三大怪》的文章中提到的“第一怪”是“慢条斯理没法快”。

英国规矩太多，速度太慢，甚至很多时候没有国内方便。银行开户要预约、看病要预约、课下提问题要预约、打车要预约。特别要说说打车，在伦敦随手打车并不容易，本来这个大城市的道路就很狭窄，很多地方的公路其实就相当于北京的胡同，车辆又多，很难做到“伸手停车”。

出租车的保有量足够大了，最便捷的方式就是打电话预约。出租公司接到电话预订后，将订单发给离乘客最近的出租车，并发短信给用户，告知该车的车号和司机电话。

在英国，也有“滴滴打车”类的APP（比如Uber，国内翻译成“优步”），不过除了伦敦外，管制很严，不允许私人随意注册运营，而是由指定公司经营。打车的费用比较高，从伦敦希斯罗机场到Kings Cross火车站，少说也要七八十镑（600元人民币起）。在纽卡斯尔，机场距离市中心很近，大约15分钟，但也需要25镑（210元人民币）。打车应急比较合适，作为代步工具还是太贵了，也不实惠，特别是在伦敦这样的英国“首堵”城市，容易耽误事。

公交车和地铁才是英国城市交通的首选，在伦敦，最方便的莫过于地铁。

1863年，世界上开通的第一条地铁线就是在伦敦，早期地铁的开挖掘进面都是圆形的，列车穿行其间像一根圆柱形的管子，因此被称为Tube，尽管官方的名称还是Underground，但人们日常仍然将伦敦及其周边的地铁叫作Tube。

伦敦地铁线路比较多，目前运营的是11条线路，在地图上分别用11种不同颜色区分开。其中与中国人联系最紧密的是Piccadilly线，深蓝色，连接了英国希斯罗国际机场第1、2、3、5号航站楼。使用伦敦Oyster地铁卡方便实惠，从希斯罗机场到Kings Cross回车站只需要3.10英镑（26元人民币），比打车便宜很多，全程大约需要50分钟。

伦敦地铁的标识很清楚，需要注意的是，同一线路可能会有支线，在不同的出口（站台，platform）会标明该站台列车经停的站点。站台的装饰很有文化品位，比如Baker Street（贝克大街）站的墙壁上勾画出“福尔摩斯”系列小说中的情节，因为柯南道尔笔下的“福尔摩斯”就住在这里，地址是221B Baker Street（贝克大街221B号）。

如果在晚间乘坐地铁，最好与地铁值班人员确认一下，有些线路晚间会调整行车时间，需要换乘其他线路才行。

留学英国看急诊全程攻略

我在英国出差期间意外拉伤了腿，虽然有些计划去的地方去不成了，倒成全了我的英国“急诊之旅”，与留学的同学及家长分享现场体验。

英国格林尼治时间2017年4月6日下午5点左右，我在诺森比亚大学的会议结束后，意外在路上拉伤了左腿（很严重的抽筋）。走路已经变得很困难，仍然心存侥幸，觉得可以慢慢自愈。打车回到酒店，向前台要了一袋冰，放在腿上冰敷。睡了一宿觉，还是很疼，于是向前台打听了距离最近的医院，Royal Victoria Infirmary，准备去看急诊。

在英国学习、工作这么多年，道听途说也好，感同身受也罢，看病总体上不用担心，当然门诊与急诊差别大些。看门诊比较麻烦。2003年我在英国留学时，学生的医疗有专门的保险，而且是完全免费的，NHS（National Health Service，相当于医保机构）会按照居住地指定诊所和医生（GP，General

Practitioner，通科医生），不舒服只能打电话与指定的诊所和医生预约看病时间，碰到人多时，就要等上两个星期以上，所以那时自己从国内带些常备药反而更方便些。这次意外受伤倒让我有机会体验了英式急诊的流程，非常人性、方便、舒心。

好心的同事Simon陪我打车去医院，医院位于纽卡斯尔大学的对面，离诺森比亚大学也不远，都是市中心地带。走进医院，硬件设施与国内新建医院一样，宽敞、明亮、整洁、舒适，最大的特点是人少，没有国内摩肩接踵、人头攒动、争先恐后、慌不择路的忐忑。一层的总服务台（Reception）并不挂号，实际上是最大的分诊台，工作人员简单问询了我的症状，然后就让我直接去三层的急诊（Emergency Department）。急诊是红色标识，很醒目，找起来并不困难。有些不满意的地方是，医院很大，走的路比较长，对伤腿的人不利。

一路上倒是非常安静，感觉医生、护士的人数与病人差不多似的。绕了几个门，走到急诊部的Minor Injuries Reception（轻微外伤分诊台）。我又向分诊台介绍了自己的伤病情况，工作人员微笑地点点头，看来应该是找对地方了。她先问了我的生日，我当时没有反应过来，其实，这是NHS的流程。英国医保有个人账号，但并不需要随身携带医保卡，一般通过生日、姓氏等简单信息即可在系统里找到开户档案。作为诺森比亚大学海外（中国办公室）工作人员，我实际上更多的时间不在英国境内，而且又是第一次在英国看急诊，不懂“规矩”。

此时，工作人员才意识到我的身份是visitor（海外访客），所以加了一句，不用担心，填一下表格，治疗是免费的。对于短期入境的游客、访客等，急诊医疗是免费的。只是近年来英国的移民负担越来越重，英国政府已经开始向在英国学习半年以上的国际学生收取医疗保险了，福利社会也没那么慷慨了。

我把表格按要求填好后，就坐在那里等着叫了，也不需要挂号（无纸化操作），但实际上已经通过系统排上队了。

在国内，大城市的医院分诊秩序已经好多了，很多诊室外都有屏幕显示，声控叫号，只不过因为人太多，大家的心态似乎还是越靠近诊室越踏实，所以经常看到诊室门前排队或不时地出出进进，总觉得心慌，怕过了号。Royal Victoria Infirmary的诊室过道里，大家都坐在那里等着，很平静。我被叫到后，一瘸一拐地进了诊室。

一位中年医疗人员先热情地招呼我坐下，介绍自己叫Annie，是护士，还让我原谅她的苏格兰口音，我马上说没问题，自己是格拉斯哥大学毕业的，随即我们都笑出了声。医患关系是从这样的氛围里开始的，我有心理准备，特别是在英国北部，当地人的热情、善良是出了名的。Annie问过我的症状后，大致看了一下我腿部的情况，她说问题不大。然后让我趴在治疗台上，摸了几下我小腿不同的部位，了解我的疼痛感，特别关注了脚踝。之后，让我按照她的指令做了几个腿部拉伸动作。我心想，这么详细，把医生该做的事都做完了，那医生是否只需要开处方了？Annie笑着说，没什么大问题，没有伤到脚踝，骨头也没事，与她曾经的受伤部位几乎完全一样，属于肌肉拉伤，但肯定没有到撕裂的程度，需要休养几周时间。

她随即拿出一本杂志似的介绍材料，指着人体图soleus（比目鱼肌）的位置，说是这里的问题。不会这些医学单词没关系，有最清晰直观的方式获得信息。

她最后建议我平时简单活动腿部，到Boots（具有药店、化妆品店功能的零售店，在英国比比皆是）花两三英镑（18至25人民币）买个外用药膏IBUPROFEN，并写在一张纸上递给我，英国的医药分开是早有耳闻的，这次算是眼见为实了。

Annie拿了一副拐杖给我，我马上问如何归还，她听说我不久就要回到中国，笑笑说，你应该还需要它，没事，拿着吧——真是慷慨而贴心啊！整个过程，没有医生，连处方都没有。这里分诊的目的显然是把治疗的责任按照症状的程度分解，护士也成为部分病症的治疗实施者，这样倒是使医生的负担减轻了，可以集中精力处理疑难杂症。

看过我的“事迹”，留学英国的学生及家长应该可以放心了，在这里看病不用发愁，妥妥的。

中国留学生为什么被名校开除？

在英国剑桥大学、美国哈佛大学开除中国学生事件中，我们能看到世界名校的价值和底线，同时也开始反思中国式留学的根源和解决方案。

中国出国留学市场上，有些机构的VIP服务声称，交够服务费，就保证进入世界名校。在“钱说话”（Money talks）的世界，这种交易是可能的。靠金钱、权势、手段通往名校，让我觉得不齿，不齿于教育的庸俗化。

而与此同时，以英国剑桥大学、美国哈佛大学为代表的部分世界名校，开始加大驱逐（开除）成绩不好、表现不佳的中国学生的力度，特别是新入校的学生。这些名校的举动，让我看到了教育名牌真正的价值和底线！

不过，也产生了更大的疑问：中国学生一向被标榜为“勤奋好学”“聪慧睿智”，怎么也出问题了？

我的一位英国同事不无忧虑地提到，相当一部分中国学生在英国学习时，完全不具备“学术文化”素养。他们上课一般只会看手机，不回答问题、不参与讨论、不与其他国家的同学交流，课下不回复老师的电子邮件、不加入社团活动，对他们而言，留学只是一个位置的移动，而他们封闭的状态，形成了一个个与世隔绝的孤岛。这位同行对此产生的疑惑点到了中国人的痛处。

“按照录取要求，他们的雅思成绩应该是6.5分以上，而且实际上有不少中国学生在7分以上，可是课堂上我提问的时候，总感觉这些学生听不懂我的问题，即使听懂了，他们的口语表达无法令人满意，写作的问题就更多了，很多中国学生的小论文（作业）很难读懂，不符合学术写作的要求……”

雅思英语的高分似乎只是“皇帝的新衣”，一到听课、发言、讨论的时候，我们“四六级”的老底就暴露出来了，只知道乱点头，头脑中的英译中和中译英乱成一团，开始“不着四六”了。这些多年来没有多少改观的问题，姑且概括为中国式留学！其实，本质上是中国应试教育后遗症的海外延续。

追根溯源，中国式留学并不是留学时才产生的，而是国内中小学时期教育问题的映射，早已成为公开的秘密。

1972年，意大利著名导演安东尼奥尼应邀来到正处于特殊时期的中国，拍摄了一部名为《中国》的纪录片。

这部曾被长期禁放的纪实影片中有这样一组镜头：当时来华访问的外国友人参观了上海的中学，很多学生在参加课余举办的音乐兴趣班。这些外国人中的音乐专家发现，兴趣班里，越是年龄小的中国孩子，越能展现出惊人的音乐天赋，甚至超过了同年龄段的外国学生，而高年级的中国学生却莫名其妙地变得刻板而平庸。

40多年过去了，“伤仲永”的故事仍然不停地在身边放映。当教育倒向以考试为核心，甚至唯一标准的功利目的时，曾经的兴趣空间被严重挤压了，代之以不计其数的作业和试卷。

40多年过去了，“中国式”的那些事儿出人意料地以反讽的形式呈现在世界面前。

英国教育主管部门为了提高英国中学生的数学能力，频繁与中国接触，意在引进国内数学方面的师资和教法。善于捕捉新闻点的英国广播公司（BBC）跟拍了名为《中国老师来了》的纪录片，曾引起了轩然大波。

曾经期望中国数学课程出口英国换取国际声誉“顺差”的国人，在片中看到的却是，英语流利的中国教师来到英国后，把中国体制内的教法和经验原封不动地移植到了英国学生身上。中国老师的高压政策、题海战术和价值评价体系与异域的生存环境是那样格格不入。原本希望吸收中国教育的经验的初衷，在新教法实施几天后就破产了，疲惫不堪的英国学生开始渐渐失去了继续学习的兴趣。

当国内体制输出到国外时，除了文化差异的因素外，我们还是看到了中国教育在中学层面缺失的人文关怀和因势利导。

在功利目的的重压下，中国学生失去了积极回答问题的灵性；在以老师为教学核心的课堂上，他们的演讲能力没有最大限度地释放；长期浸泡在英语语法和阅读题目中，他们的英语听说能力在英语学习的黄金时期凋零了。

当我在中国西南一个大城市的重点中学做英国教育推广时，刚刚入学的高一学生踊跃地回答外教的问题，而到了高三这边，与英国老师互动的学生寥寥无几，从高三学生迷茫的眼神中让我感到不可思议。班主任悄悄告诉我，当地高考的英语听力取消了，学生已经两年没有“听”英语了。

与之相反的例子发生在大约二十五六年前。我喜欢英语是从初中开始，那时的启蒙导师是冯老师。她鼓励班里的同学在英语方面多听、多说，她经常带大家去语音教室上听力课和口语课。她还在暑假组织我们与来华的美国夏威夷某中学的同龄学生互动，当时我们与美国学生同住在一个宾馆里，天天在课堂中、公园里、晚会上通过英语聊天沟通。冯老师的教法到现在仍然是先进的，这种超前的意识一直激励我用英语交流。

教育的目的应该是开放的，以此激发人的兴趣点，扩展兴趣的广度和深度。

留学的层次不应该仅仅停留在取得学位的功利阶段，而应该深入到文化层面，增强留学的文化存在感。而达到这一高度，功夫还在国内教育的改革、创新。

“憨豆先生”是英国学霸吗?

在英国，平均成绩达到70分以上，可以获得本科阶段的一等学位、硕士阶段的“优秀生”，这样才可以认定为“学霸”，并不能认为进了名校就是“学霸”。

英国戏剧、电影、电视剧在世界上占有特殊地位。

《憨豆先生》（Mr Bean）系列喜剧，成就了英国演员罗文·阿特金森（Rowan Atkinson）的国际影响力。阿特金森已经成为当代英国的代表人物，他的表演充满了夸张、滑稽的元素，颠覆了英国人冷峻、保守、内敛、沉默的传统形象，借此讽刺英国社会乃至人类社会的弊病和顽疾，与出生在英国的著名喜剧大师卓别林的表演，形成了跨时代的呼应。

阿特金森出生在英国东北部杜伦附近的Consett小镇上，学生时代先后就读于著名的英国纽卡斯尔大学和牛津大学的电气工程专业，并在牛津大学女王学院获得硕士学位以及“名誉学者”称号（Honorary Fellow）。但即便如此，能否称得上“学霸”，还要具体看成绩单。

在英国，学位等级有严格的规定。在本科阶段，分为一等学位（First-class honours）、二等一学位（Upper second-class honours，简称2.1 honours）、二等二学位（Lower second-class honours，简称2.2 honours）、三等学位（Third-class honours）。

本科在英国大学就读的学生，如果申请硕士，需要达到一定的学位等级才可以，一般来说不能低于2.2 honours，很多大学硕士专业的入学要求甚至是2.1 honours。三等学位申请硕士非常困难，往往需要完成硕士预科才可以。在硕士阶段，学位不再分等级，但对于“优秀生”会给予不同的称号，并记录在学位证书上。

一般而言，平均成绩达到70分以上，可以获得本科阶段的一等学位、硕士阶段的“优秀生”，这样才可以认定为“学霸”，并不能认为进了名校就是“学霸”。需要注意的是，“平均成绩70分以上”的要求看起来不难，实际上反映了中英两国大学评分标准的差别。同样是百分制，在英国，70分以上是A，相当于国内85分或90分的标准。60—69分是B，50—59分是C，40—49分是D，40分以下不及格。每门能在70分以上难度相当大，而一门课程在40分以下，经过补考（在英国往往只有一次补考机会）依然没有达标，就没有学位了。

实际上，英国大学设置最低分数线，而不是“末位淘汰制”，因此，达到及格水平，取得学位，应该是一般要求。我们没有看到阿特金森的成绩单，因此无法判断他是否达到了“学霸”的标准。他得到的“名誉学者”之类的虚衔，可能是出于专业成就之外的其他因素的考量而颁发的，也不能作为依据。

阿特金森的演艺事业是从牛津起步的。他在牛津攻读硕士学位时，参加了著名的牛津讽刺滑稽剧社（Oxford Revue），投身于先锋喜剧的表演和创作之中。成就阿特金森事业之路的，除了他的天赋和勤勉外，还有一个幕后的关键人物：他的牛津校友、新西兰裔英国人理查德·柯特斯（Richard Curtis）。

柯特斯在讽刺喜剧的创作方面独领风骚，为阿特金森量身定制了《憨豆先生》系列电视剧，还创作了《四次婚礼和一次葬礼》《诺丁山》《真爱至上》（Love Actually）等脍炙人口的电影佳作，大大提升了英式喜剧的国际影响力。

英国留学与诸葛亮游学的异曲同工

你知道英国留学与《三国志》之间的联系吗？我喜欢三国历史，在阅读相关史书的过程中，重点研究了诸葛亮游学的经历，诸葛亮堪称博古通今的“学霸”，他在青年时期锻造的思维意识，与当今英国留学的轨迹不谋而合。成才的路径可谓中西合璧、一脉相通。

1800多年前，公元196年前后，十五六岁的诸葛亮开始了自己的“游学”生涯。《三国志·诸葛亮传》注引《魏略》记载，“（诸葛亮）与颍川石广元、徐元直、汝南孟公威等俱游学”。诸葛亮的游学，与今天莘莘学子留学英国相比，虽然形式不同，环境不同，但在思辨意识、实践意识、公关意识等方面汲取的营养，却有异曲同工之妙。

中英相通的思辨意识

一般来说，英国的学术环境不受行政干预，师生之间各抒己见、求同存异，学术气氛宽松自由。而东汉末年诸葛亮生活的荆州地区，接纳了很多躲避中原战乱的士人，知识界、学术界的交流和碰撞异常激烈，而且中央政府、当地政府也没有过多限制，形成了崇尚创新、务实的治学思潮。

学术环境之外，英国大学治学要求很严格，强调学位是“读”出来的（You need to read a degree）。老师安排了长长的参考书单供学生广泛阅读，平时作业中，如果参考书目（bibliography）少，就可能不及格。这样要求的目的，就是从不同角度看待同一事物，不拘泥于某个侧面，培养学生的思辨意识。而当年的诸葛亮也做到了。在新学风的激励下，他的思想异常活跃，博采众长，对先秦诸子百家思想的要义予以辨识和批判。

据《诸葛亮集·论诸子》记载：老子长于养性，不可以临危难。商鞅长于理法，不可以从教化。看得出来，诸葛亮对道家、法家等不同学派的学说批判继承，思想意识上的多元性让他突破了儒家主流意识形态的局限。

中国创造了辉煌的古代文明，而英国则缔造了以法治、理性、民权为基础的近现代文明，而两大文明都强调兼收并蓄、批判继承的理性传统，只是在英国的课堂里，理性、思辨的学术思维意识更为突出。

学以致用的实践意识

当然，仅仅是读书还远远不够，英国教育鼓励学生身体力行地参与实践活动。英格兰地区大学本科阶段，有“三明治”课程形式，即在三年学制的基础上，大二或大三阶段，根据学生意愿，通过雇主的面试后，可以再增加一年的实习期。不过，英国硕士阶段几乎没有带学分的实习项目，也就是说，实习不是必选项，更像是兼职工作的性质。

诸葛亮的实践意识也在游学后表现得更为突出，而且主动性更强。作为官宦人家的子弟，诸葛亮并没有受到正统儒家学说中“君子不器”观点的限制，亲力亲为地开荒种田，锻炼了动手能力和思维能力，磨炼了意志与品行，读书与生活得以兼顾。

令人不可思议的是，诸葛亮的生产实践日后竟成就了一段军事史上的佳话。“亮性长于巧思，损益连弩，木牛流马，皆出其意；推演兵法，作八陈图，咸得其要云。”（《三国志·诸葛亮传》）

一国总理，三军统帅，除了宏观政策、战略部署之外，竟还能亲自研发新型武器、运输工具和制定战法，难怪他的老对手司马懿，也惺惺相惜地赞叹他是“天下奇才”。（《三国志·诸葛亮传》）

“躬耕南阳”的经历，还丰富了诸葛亮在天文、气象、地理方面的知识和经验，《诸葛亮集·二十八宿分野》中的描述让我确信，诸葛亮“上知天文，下晓地理”并非只是小说家之言。

农耕生活强化了诸葛亮做事的条理性。错过农时会直接影响作物的收成和来年的耕作，他在农业生产中一丝不苟的实践态度和管理水平，成为他辅政蜀汉期间“事无巨细”工作作风的基础。

学术交友的公关意识

国际化的朋友圈是英国留学的重要收获。英国大学的破冰聚会（ice-breaking party）、学生会组织的各类社团活动都是重要的公关场合。其实，这里面还有一个重要却容易被忽视的小圈子——师生朋友圈。

在英国大学里，任课教师，特别是商科的老师，大多在校外有兼职，这在英国是合理合法的。老师与企业、机构之间有千丝万缕的联系，他们是隐形的兼职猎头，甚至可能是未来雇主。当然，一见面就对老师说，“老师，您帮我找个工作吧。”一定是缺心眼，不会有什么好下场。用学术的方式与老师接近最可行。上课积极发言、主动提问，下课与老师探讨学术问题，认真完成作业，并争取好成绩。

如果从哪一天起，这个老师一进教室就能喊出你的名字，而且还情不自禁地与你寒暄几句，公开地对你开几个善意的玩笑，此时，你应该是成功了。在这种情况下，你顺便提一句兼职，甚至全职工作的事，到“火候”了，至少你会得到一封他的亲笔推荐信。如果这个老师是行业内的著名教授，这封信就价值连城了。

有心的诸葛亮早就悟到了这一点。

他青少年时期的学伴多是荆州襄阳地区的名门之后，这是诸葛亮融入当地士族阶层的途径。荆襄名士司马徽、庞德公、徐庶对诸葛亮的才学尊崇有加，还给了他“卧龙先生”的绰号，并成为诸葛亮投奔刘备集团的主要推荐人。

诸葛亮顺利进入了荆襄官宦、士人阶层的朋友圈，为日后从政积累了人脉。同时，诸葛亮从这些社会关系中，一定也获取了时局动向的宝贵信息，并深刻地领会了天下大势，日后《隆中对》的基本蓝图也就水到渠成了。

留学也好，游学也罢，不过是手段和形式。从诸葛亮的游学经历和收获不难看出，成才的路径中西合璧、一脉相通。

留学英国第一门课为什么最重要？

思辨意识的核心是独立思考，而“中国式辩证法”的本质则是偏听偏信。当然，破解“中国式”谜团最有效的办法，还是英国老师提到的博览群书。通过大量阅读，从不同角度观察、读解、分析，然后得出结论。这才是在英国读学位的方法论！

2003年至2004年，我在英国格拉斯哥大学攻读MBA，第一门课就是David老师的Critical Thinking（思辨意识）。其实，这与中国教育体制内的思想政治课上的辩证法几乎同出一辙。不过国内把“辩证法”作为意识形态的一部分，英国的“思辨意识”课程则更多从思维训练、培养商业意识的角度切入。

在国内教育圈，就连本质上是方法论的“辩证法”，多半也是让学生背的，以供考试时和盘托出。政治课老师教得好，大家还能聚精会神；要是照本宣科、循规蹈矩，学生除了睡觉、玩游戏、看课外书，似乎也没有什么其他更好的反应了。

说实在的，我当时上Critical Thinking时，一直把它等同于国内的政治课，一方面理论性强，另一方面刚到英国读书，人生地不熟，又是第一门课，难免还有个适应过程。结果，我的经验主义很快遭到了回击。作业发回来了，一个土黄色的牛皮纸大信封上写着我的名字和学号，里面是我的作业原稿、分数。在英国，作业一般是小论文的形式，称作assignment或paper。

55分！天啊，不及格！我的第一反应是“挂科”了。要知道，在英国作业、考试不合格掉是非常危险的，往往只有一次补救机会，再不过就没有学位了。不过，慢慢地冷静下来，我才发现，其实在英国，虽然也是百分制，但分数压得很低，70分以上就可以评A了，我这个55分相当于C。

即使如此，我还是有些不甘心，总觉得自己虽然很久没有到学校“回炉”，但也不该这么差吧！于是我用电子邮件与David老师预约了见面时间和地点，准备探讨一下作业中反映出来的问题。中国同学习惯打电话预约，其实这不符合英国人的习惯，而且不保险，容易忘；而白纸黑字总是很踏实的，通过邮件定好的事，英国人一般都会守时守约。

David见到我就开门见山地说了一句：“Andrew，这次作业我已经手下留情了，本来你应该不及格的。”遭到这一记闷棍，我当时头都大了，赶紧追问原因。David翻到了小论文最后一页，也就是bibliography。

“Andrew，你这里只有4本书，也就是说，你在作业里得出结论的论点和论据都是从这4本书里来的。这在英国是通不过的，也不符合思辨意识的原则。我在课堂上给大家的参考书单上是20本！”后来经过观察，对于平时作业而言，在bibliography部分英国人的心理底线大约是10本书。

此时，我才突然明白Critical Thinking的含义：通过大量阅读，从不同角度观察、读解、分析，然后得出结论。这才是在英国读学位的方法论！在英国大学的课堂上，任课教师允许不同声音，但不喜欢信口开河，他们需要了解得出结论的过程和依据。

中国人头脑中的辩证法大多不过是“非黑即白”的官方定性，长期以来无法超越教科书、官修历史、长官意志。思辨意识的核心是独立思考，而“中国式辩证法”的本质则是偏听偏信。当然，破解“中国式”谜团最有效的办法，还是英国老师提到的博览群书。而我过去一门心思啃课本，一门心思准备考试，却很少接触课外读物，想起来很后悔，机械而教条的学习，实实在在是浪费青春。

英国留学彻底改变了我对读书的认识：从近乎自我强迫的苦读，到总结概括地写读书笔记，再到如今能够以此为乐，并成为习惯。

从英国大学毕业后，我曾在国内《百家讲坛》节目中听到易中天老师提到，他希望通过《品三国》系列讲座，纠正中国人“非黑即白”的思维方式，真是感同身受，心悦诚服。当我把思辨意识带入了业余爱好中，产生了意想不到的效果。

我很喜欢三国历史，有一段时间，很热衷易中天老师的《品三国》，还把相关MP3文件下载到手机上，前后加起来，估计也听了上百遍了。特别佩服这位厦大教授独特的视角和思路，尤其是他对曹操的分析和评价，颠覆了我对这位历史人物的一贯看法。

讲座中也包含了一些我不太清楚的史料，于是去翻《三国志》，曾经最怕古文的我，竟然可以通读这部史籍了！又过了一段时间，觉得易中天老师引用的参考文献很有价值，我阅读的范围也随之不断扩大，慢慢接触了很多史学大家和历史爱好者的三国评传。

符合兴趣的求索，才有可能洞察其中的奥妙。对我而言，深入思考、提出不同观点，在过去是不可想象的。思辨意识是英国留学时学术文化的核心部分，让我受益匪浅。

在英国大学听懂课的奥秘

在英国留学能否听懂课，是出国成败的关键，“生死攸关”的大事。不仅仅与英语能力有关，其实也能反映学生学术文化的素养。

英国老师上课基本上是presentation的演示，10年前去英国留学，老师先把教案大纲（PPT形式）打印好，发给学生，这份资料的官方名称是handout。现在很多英国大学的无纸化教学更先进，学生直接把老师的PPT从网上下载到笔记本电脑或iPad上就好。

2017年3月底，英国诺森比亚大学副校长Jon Reast教授来到国内，为合作院校的学生讲课，课程名称是Relationship Marketing（关系营销学）。我就以Reast教授的PPT为例，探讨如何通过看懂PPT达到适应英国课堂的目的。

内容第一页：Learning Outcome 学习目的

一般来说，这是目录形式的介绍，阐述教学目标，只需要在每一个目的中找到关键词即可。

To appreciate the definition of relationship marketing. 定义。

To enable a critical understanding of relationship marketing. 辩证解析。

To have a critical understanding of the economics of relationship marketing. 经济学意义上的……

To appreciate that RM is not just about customers. 不仅仅是关于客户。

To have an appreciation of the limitations of relationship marketing. 局限。

Contrasts of RM and Guanxi. 关系营销与“搞关系”的区别。

这里面能看出英国人的思维特点——critical thinking，思辨意识。从不同角度看待同一事物，而且这一思维特点会贯穿教学始终。

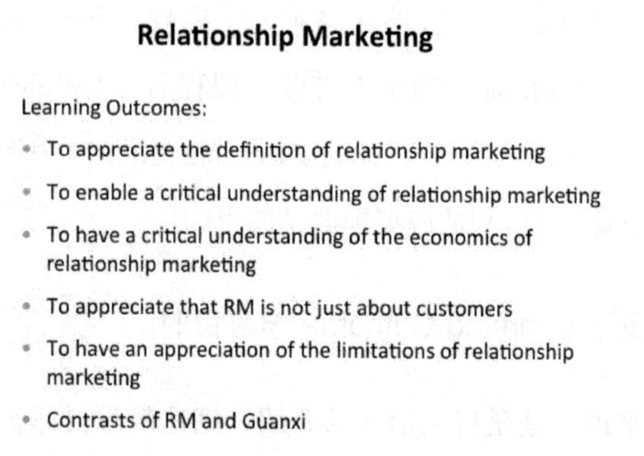

此时需要开始做笔记了，与国内上课一样，只不过是存在中英文的转换问题。

内容第二页：题目是什么意思呢？

题目好像有些复杂，而内容的3个词组比较简单，综合起来看，能够知道是不同营销策略的博弈：低价竞争（Low Cost）、差异化竞争（Differentiation）、关系营销竞争（Relationship Marketing），其中前两个词组使用范围很广，在学习中会经常遇到。

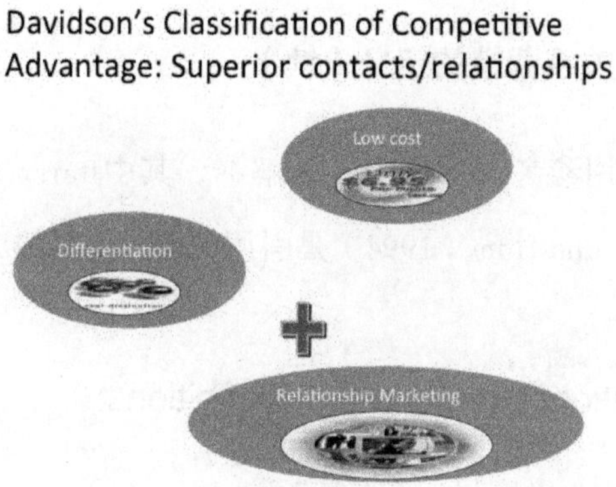

内容第三页：关系营销的定义

题目很清楚，但Enhancing、Attracting、Maintaining3个词需要放在具体的语境下去看它们的含义。按照中国人中英文互译的惯常方法，应该是“加强”“吸引”“保留”的意思，但显然还是汉语思维的影响，很难说这种翻译是否能反映教授的真实意图。所以这部分要好好听讲，如果还不能理解，就需要举手提问或课下问老师了。

内容第四页：关系营销的定义（续）

教授将引用参考书中的定义来解释，其中Berry（1983，p25）和Morgan and Hunt（1994）是引用观点、论据的出处。

Relationship Marketing Definitions:

- ‘attracting, maintaining and .... enhancing customer relationships’
  Berry (1983, p25)
- ‘establishing, developing and maintaining successful relational exchanges’
  Morgan and Hunt (1994)

这种学术范儿对英国学习至关重要，实际上英国大学开设的语言课程（pre-sessional）传授的就是学术英语，特别是写论文（无论是平时作业，还是毕业论文），有“英国八股”的格式，观点、论据的引用需要特别标注，否则会以剽窃论处。

内容第五、六页：关系营销的意义

这点可以与内容第二页相比较，其实就是在这个基础上强化关系营销的含义，所以也可以认为这是定义部分的延伸。

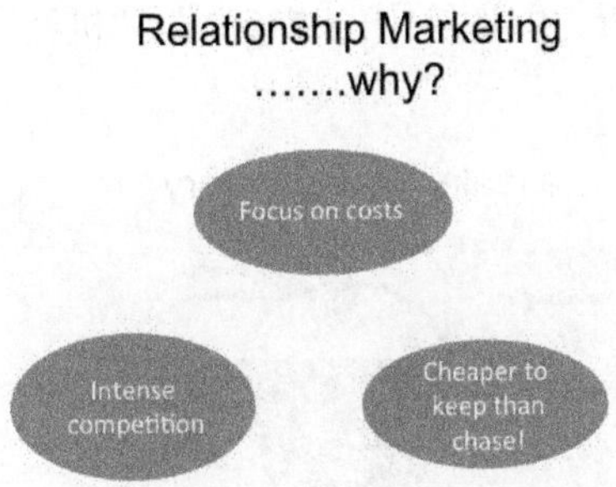

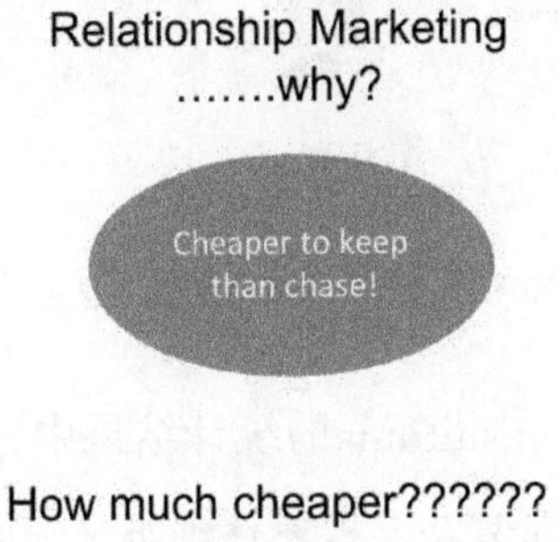

可以推断，第五页的基本内容是低价竞争、差异化竞争、关系营销竞争的比较，最后引出关系营销的重要性——留住客户比拓展客户成本低。

内容第七页：漏桶原理

不知道你是否遇到了不懂的单词，这个页面里acquisition、retention、penetration对理解原理的含义很重要，可以事先查一下意思，也可以在听讲时留意一下老师使用的替换单词。

在英国课堂听课，老师经常会使用不同的近义词表达同一个含义，这与雅思听力的训练中的“宝典”“机经”同出一辙。

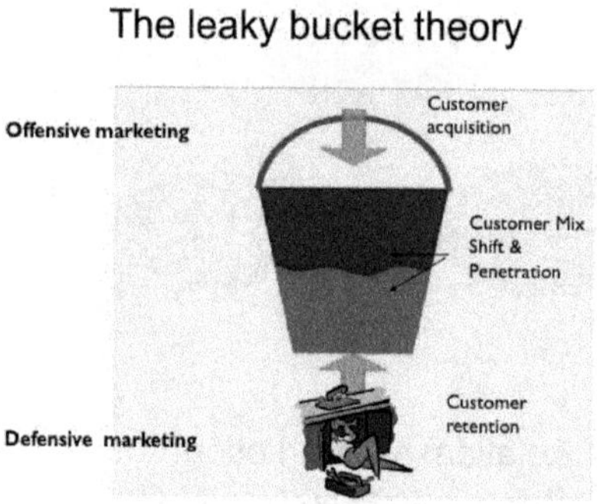

内容第八页：Customer retention的价值

Bain & Co，Consultants的统计结果中，柱状图的作用很强，这页中的图稍显复杂，需要仔细听老师的分析，不过两个数轴所代表的参数比较好理解。

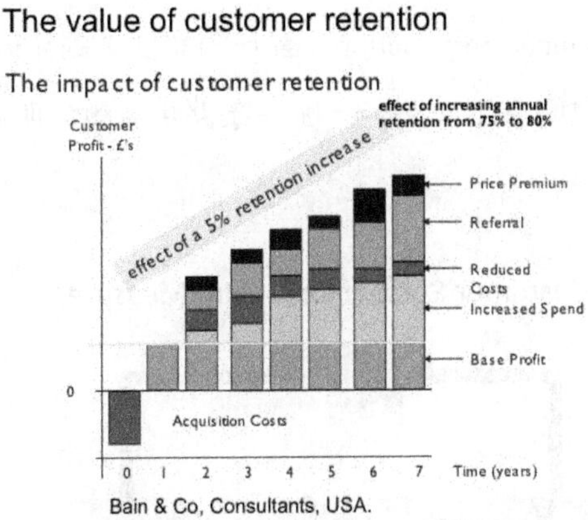

内容第九页：Customer retention的价值（续）

Customer Retention对不同的行业（industry）影响力不同。

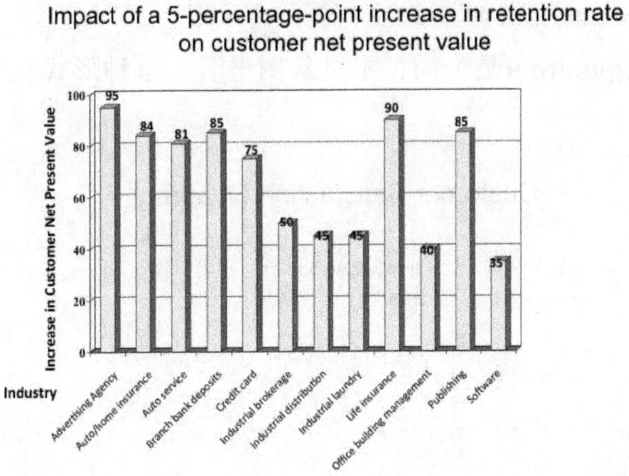

内容第十页：客户角度分析

显然，Customer Satisfaction（客户满意度）到Market Share（市场份额）之间有不同路径，哪一条路更有效？听听教授的分析。

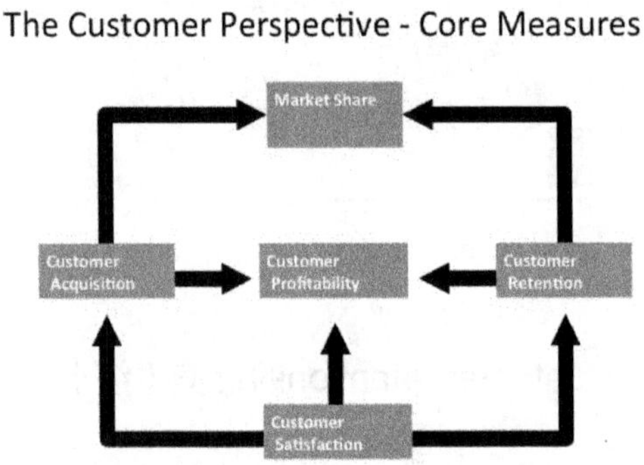

内容第十一页：客户满意度Quadrant

这里quadrant是生词，不过从图上看，这种形式在中文

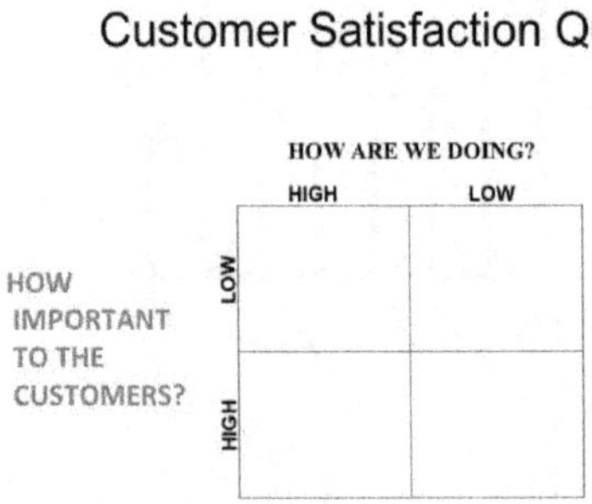

的商科教材中应该见过，即使没有，也能发现这里的数轴关系，即How are we doing 与How important to the customers 之间的关联。

从商家的角度，哪些做法对客户而言更重要，是这里讨论的重点。

内容第十二页：价值梯度（Value Ladder）

不同层级的价值，满足不同层级的需求，有些像经济学中马斯洛需求理论的层级图。

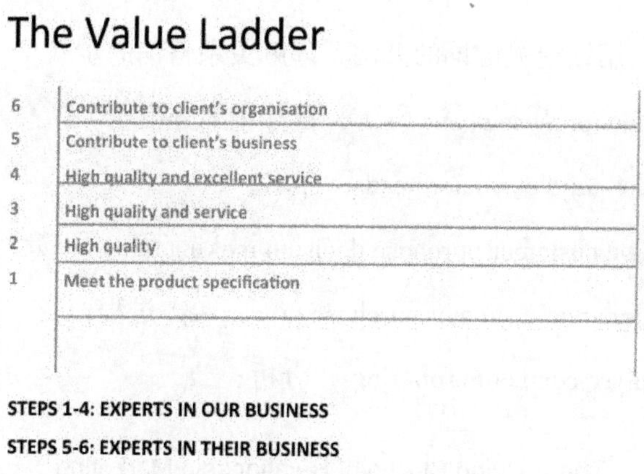

内容第十三页：忠诚度层级（Loyal Ladder）

这个图相对简单，客户的忠诚度越高，与商家、厂家的关系越紧密。从这一页起，关系营销的核心内容将出现。

(adapted from Christopher et al, Relationship Marketing)

内容第十四页：关系营销的步骤

仍然用锁定关键词的办法，理解关系营销的步骤。

Define target segment（s）. 目标（细分市场）;

Understand customer needs. 需求;

Define customer purchase decision making unit. 决策;

Understand customer purchase processes. 过程;

Analyse competitor offerings. 分析;

The Building Blocks of Relationship Marketing

- Define target segment(s)
- Understand customer needs
- Define customer purchase decision making unit
- Understand customer purchase processes
- Analyse competitor offerings
- Articulate competitive advantage
- Promote the added value
- Define relationship effectiveness measures

Articulate competitive advantage. 优势；

Promote the added value. 附加值；

Define relationship effectiveness measures 有效性。

内容第十五页：Customer Retention 1

现在能否理解到retention = keep？经常重复的词，最容易“暴露”真正的含义。把客户“留住”（retention的动词形式retain也出来了），先要搞清楚为什么客户流失到竞争对手那边去了。

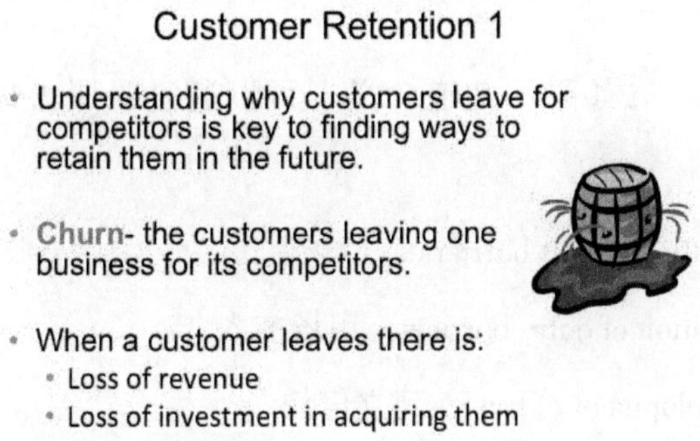

内容第十六页：Customer Retention 2

Loss of stable market for new products. 涉及新产品对市场的影响。

Businesses can study leavers and predict who might leave next. Then use tactics to keep key customers. 竞争对手“退场”（退出市场）的研究。

Which method works best in keeping key customers? 维护主要客户的方法。

Customer Retention 2

- Loss of stable market for new products
- Businesses can study leavers and predict who might leave next. Then use tactics to keep key customers
- Which method works best in keeping key customers?

内容第十七页：Bonding Mechanism（“绑定”机制）

Bonding如果不知道含义，可以通过听课去理解，不算很难。

Creation of exit barriers．市场退出。

Creation of entry barriers．市场准入。

Development of trust．建立信任。

把客户“绑定”的方法，内容第十八页、十九页、二十页有详细分析。

预习时，这部分前后的逻辑关系很清楚，老师可能迅速带过，如果有不懂单词可以预先查一下。

Bonding Mechanisms

- Creation of exit barriers
- Creation of entry barriers
- Development of trust

Creation of Exit Barriers

- Joint Ventures
- Long-Term Contracts
- Equipment Loans
- Technical Support
- Unique Components
- Shared Databases

Creation of Entry Barriers

- Electronic Linkages
- Joint Innovation Teams
- Network of Relationships

Development of Trust

- Constant Contact
- Open Communication
- Top Management Involvement
- Keeping Promises
- Warning of Problems
- "Entertainment"

内容第二十一页：The Siemens Supplier Matrix

这个题目中Siemens是西门子公司，supplier是供应商，不难，Matrix？你能想到电影《黑客帝国》吗？含义是矩阵，不过是否知道不是很重要，这很像内容第十一页中的Quadrant。而且两个数轴形式的图形很相似。数轴一边代表利润影响（profit impact），另一边代表供应商差异化（supplier differentiation）。显然，strategic supplier（战略供应商）要具备

The Siemens Supplier Matrix

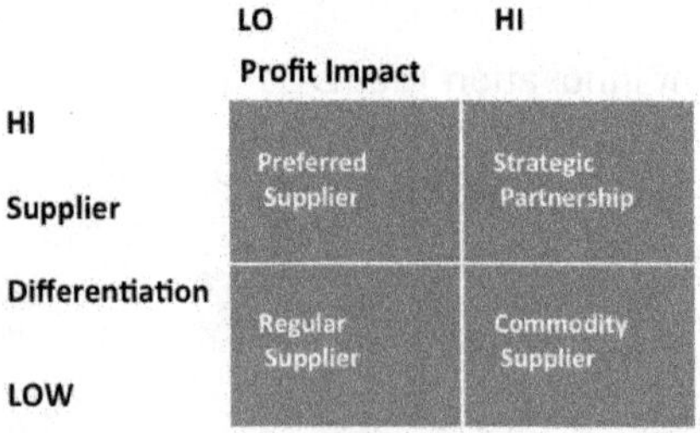

的特性是利润影响高，差异化程度高。

依次类推，四个象限中的不同级别的供应商的特性就很明确了。

内容第二十二页：Relationship Duration

关系周期，不同阶段的特点比较好理解，无外乎是初起、发展、高潮、终结等“小说剧情”。

Relationship duration

- Ford has proposed that there are five stages to a relationship as follows:
  1. ‘Pre relationship stage.’
  2. ‘The early stage.’
  3. ‘The development stage.’
  4. ‘The long term stage.’
  5. ‘The final stage.’

Ford, David (1980), "The development of buyer-seller relationships in industrial markets." European Journal Of Marketing, 14 (5/6), 339-54.

内容第二十三页：Who are the key stakeholders?

Stakeholder在商科学习中非常重要，需要明确它的含义，国内非常严肃的翻译是“利益攸关者”，实际上翻译成“关联方”“利益方”就够了。

这是在分析内外部环境了。

Who are the key stakeholders?

- Kotler suggests: suppliers, employees, distributors and end-user (consumers) in micro-environment, with other key players e.g. government, investors etc in tbe macro-environment

- Reichheld points to:
  The right Investors
  The right Customers
  The right Employees

内容第二十四、二十五页：Relationship Marketing： Key variables?

Relationship Marketing: Key variables?

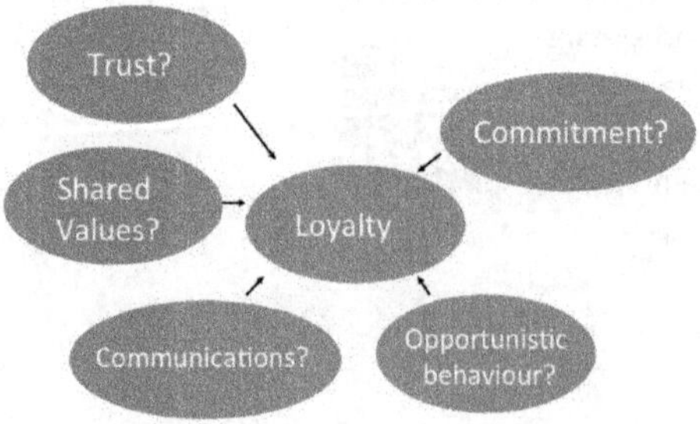

关系营销的主要参数（变量），这是两个带有总结性的章节，需要重点做笔记。不知道考试重点是否从这里出？

Relationship Marketing: Summary

- Attracting, developing and enhancing customers
- A form of competitive advantage
- Several key stakeholder groups
- Key variables influence customer loyalty – but delivering 'value' is critical
- Retention is cheaper than acquisition
- Database marketing usually supports

内容第二十六页：Relationship Marketing v.s. Guanxi

最后这个章节最有意思，关系营销学与“搞关系”PK，不知道教授了解的“搞关系”有没有咱们中国人全面？这是咱们中国同学可以反驳、质问教授的时刻了！

可以问问在英国是否也存在“搞关系”？怎么“搞”？不是为了活跃课堂气氛，这是很重要的细节，而且能体现中英文化差异。

学会用英语思维上课，这是最关键的、最深层次的留学训练。建议大家现在开始就使用英英词典学习，减少中文思维的“干扰”。

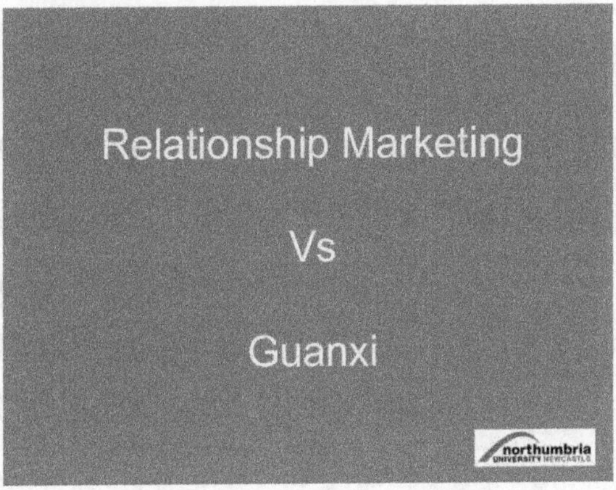

为什么中国留学生到国外都不怕考试?

学习最终留给我们什么呢?高考虽然解决了中国人的学位问题,但很难填补分数与能力之间的空白。有时能听到一些求职面试的海归,操着一口蹩脚的英语,总给人一种错觉,心里会问:"你是去英国留过学的吗?"残酷的现实是,追求分数拿到的学位,连我们自己有时都不大好意思。

高考作为应试教育的核心环节,考察的其实是学生"复印""输出"老师圈定的备考内容的能力,本质上说与科举的效果差不多。高考对中国人的影响之深远,随着时间的沉淀而历久弥新。如今,它巨大的惯性已经深刻地延续到中国人海外留学的生存方式中。其中一个重要"益处"在于,经历过高考的折磨和历练,中国学生的"考试免疫"能力显著提高,在英国留学中尤其得心应手。

若干年前,我留学英国时,考试的地点是学校的教堂(Chapel)内。庄严肃穆的大厅里摆上百余套课桌椅,空荡荡的，仿佛大海中散布的珊瑚礁，彼此间隔很大，这一定是大学与神预设的局，让考试的人心生畏惧，比起中国的考场要更像地狱般森严。

不过，再难的事儿，也难不倒“久经考场”的中国学生！偏巧英国大学的考试，“科举”味道很浓，正中中国学生的下怀。一般是“5选3”的论述题（5道论述题，选其中3道），在商科专业（尤其是MBA），一般是3个案例分析题，即在2.5至3小时内完成3篇小论文。当然，“5选3”并不是让大家准备5道题就行了，任课教师给出的备考范围至少是10个题目，而深谙考试规则的中国同学，为了提高效率，“创造性”地引入了高考备考体制。

英国大学的任课教师绝不会像国内高中老师一样，辛辛苦苦为大家圈定考试的知识点，然后再接再厉地大剂量使用“题海战术”。因此，中国留英学生自力更生，而且采用了集体主义原则，在中国人内部形成了“考试统一战线”。相比单打独斗的西方人，我们中国人的备考方式一定是高效的。

以当时我所在的MBA班里5个中国人组成的团队为例。10个题目下来后，大家先按各自所长每人“承包”2个，“包产到户”后，分别从课本中找到答案要点，用英文串成一篇微型论文，然后在“委员会”会议上提交答案，经过所有人二次审议、修改，固定为答题梗概的标准思路，以备每个人再回去用自己的英语固定为自己的答案，避免抄袭的风险。

另外，中国人惯用的猜题法，发挥了巨大的作用，将10个题目筛选出5题，作为应急备考范围。所以，留学中，尽管中国人的作业水平往往不如西方人，但考试成绩却旗鼓相当。按说英国教育“宽进严出”的体制还是很严格的，但还是让中国留学生钻了考试的空子。“应试教育”的行为方式不折不扣地延续到了国外！

在英国，作业、考试成绩属于个人隐私，但每当成绩发下来时，中国学生最津津乐道的仍然是谁得了多少分，其钻研精神远远胜过小组讨论和课上发言。

当然，中国人在分数上的“攀比”确实也是对英式评分体系的不适应。

记得第一次作业成绩发下来，我才得了55分，相当于C，当时中国人的惯性思维给自己的暗示是：不及格，很丢人。于是我也下意识地向旁边同学的成绩单瞟了过去——60分左右的很普遍，得到D才算是不及格。原来，英国教育严格要求的传统使作业和考试的成绩被人为压低，一般情况下，取得70分就可以评A，85分以上可以拿到A+。

即使如此，中国人“分数至上”的心理状态在国际上仍然是罕见的。满足于高考成绩，满足于大学（本科）成绩，满足于雅思成绩，满足于国外留学成绩，中国人从国内到国际的学习轨迹，其实就是一条彻头彻尾的“分数链”。

学习最终留给我们什么呢？高考虽然解决了中国人的学位

问题，但很难填补分数与能力之间的空白。有时能听到一些求职面试的海归，操着一口蹩脚的英语，总给人一种错觉，心里会问：“你是去英国留过学的吗？”残酷的现实是，追求分数拿到的学位，连我们自己有时都不大好意思。

也不能完全怪用人单位“有眼不识金镶玉”，因为我们体现出来的竟然连“金玉其外”都没有。

英国留学的时空穿越

中国人太重视分数，他们的留学从来都不会轻松。在学习方面，中国人太早认识到了生活的残酷，于是也就太早丧失了浪漫的诉求，转而专攻表面文章了。有时作业或考试成绩不高，我还是挺别扭，但这次来英国我抱定不想当已经做了十几年的“好学生”了。

9月份是英国留学毕业的节点，一切都尘埃落定。可以期待几个月后的硕士毕业典礼——按英国大学的通常做法，要等到12月份，一段难忘的时光马上要封存在记忆的深处。

2004年9月的一天，我静静地坐在格拉斯哥COSTA咖啡厅的露天座椅上，桌上玻璃板映出飘动着的云，在我抬头舒活颈椎的时候，阴霾被清风吹散，苏格兰高远的天空中，流动着晶莹澄澈的湛蓝色……

20分钟前，我拥抱了自己的导师Pam，她拿着我按出版物装帧的硬壳封面的硕士论文完稿（大学统一要求的模式），露出灿烂而狡黠的微笑："Well done although you are not Distinction this time."（论文不错，尽管你没有得到"优秀生"的称号）

听得出来，她还是对我很看重。除了学习之外，可能是沟通上的优势，我被推选为班代表（course representative）之一，负责亚洲同学与任课教师的沟通，而Pam又是MBA班的课程主管，我们平时经常见面，彼此很了解。而英国的"优秀生"要求平均成绩是A（有个别B+也还好），我肯定达不到，尽管个别科目能在班里排在前面。

我也笑了："Distinction? I don't care. What I care is if you will fail me."（做不做"优秀生"不要紧，我只在乎你是否让我论文通过）

Pam大笑，又紧紧地拥抱了我，还在我的面颊上很响地吻了一下，这是至今我在英国人那里得到的尺度最大的礼遇。

当下这一刻，感觉自己像做梦一样。时间倒退一年，我从"非典"的北京"逃"到格拉斯哥，除了逃避职场瓶颈的压力外，确实希望自己真真正正地"研究"一把，不再是道听途说，不再人云亦云。国内大学、中学那漫长的10年，我基本上是疲于应付老师的指令，更像一台复印机或扫描仪，做些硬性的复制。

来到英国，我希望换个活法，第一次有些冒险地把学习成绩"置之度外"。英式教育中，成绩往往属于隐私，但每当作业或考试的成绩发下来时，中国同学最津津乐道的仍然是谁得了多少分，甚至还要把成绩攀比的魔爪伸向外国同学，其钻研精神远远胜过小组讨论和课上发言。

看了一圈，问了一遍，知道了自己的大致排位后，心安理得了，好的可以沾沾自喜，差的可以从头再来。这可能也是实用主义原则的驱使吧！毕竟，成绩不好，对不起这两万多英镑的投入（学费和生活费，按当时的比价，要二十六七万人民币），脸面上当然也过不去，如何向亲朋故友交代呢?

中国人的留学从来都不会轻松，这并不完全是“私事”。中国人太早认识到了生活的残酷，于是也就太早丧失了浪漫的诉求，转而专攻表面文章了。有时作业或考试成绩不高，我还是挺别扭，但这次来英国我抱定不想当已经做了十几年的“好学生”了。

我一头扎进了英国大学的图书馆。每天（包括周末）我可以保证至少有两个半小时的时间在这里度过，而且在借鉴任课教师的参考书目后，制定自己的读书计划，不屑于为了作业和考试而消磨时光。我最喜欢管理类和哲学类的书，边看边在电脑里做摘录和笔记。有一本书中的一句话让我到现在还难以忘怀：“世界没有变，人类仍然承受着3000年前的痛苦。”我并不服气，必须对抗这种千百年来形成的惯性和弱点。

从图书馆出来，我会“有目的”地单约有工作经验的同学（老外占多数）喝咖啡、聊聊天。他们描述的大到世界500强企业、小到家庭作坊的管理模式和生意经，让我豁然开朗，更深刻地感受曾经工作的国内企业的体制瓶颈。国际化的交流环境、学术自由的广阔空间，留给自己更大的思维跨度。在课上、课下的小组讨论中，我开始把自己经历的管理案例用国际视角去解读，同时与更多同学讨论如何找到更可行、更有效的方法增强管理的穿透力。

来英国以前，我就一直坚信管理是一门哲学，从管理自己到管理团队，一脉相承。当然，来到英国后我也发现了一些问题。当我跨进商学院管理层的办公室时，看到桌子上、地上到处是七零八落的讲义、书籍，几乎要开出一条路才能进去，而办公桌后面的主任兼教授若无其事地招呼我坐下。那一时刻，我忽然觉得学管理仅仅接触讲师、教授还远远不够，至少学术范儿的管理者还需要解决自我管理的问题。

而在EMBA班上课的同学里，大部分是公司的中高层管理人员，他们坐在教室里，穿着休闲，一旦有案例分析的机会，就能马上显现出浓郁的商务范儿。举止投足透着专业，言语精练，一针见血。与他们一起上的大课，收获巨大。

除此之外，我最大限度地锻炼了自己的演示（演讲）能力。平时分组讨论中，我一般愿意充当做PPT的角色，收集要点，上台演示。虽然PPT的版式比较单一，但重点突出，比较符合英国环境的需要，而且我有意模仿老外说英语的“架势”，特别训练了自己与受众的眼神交流。

要知道，以往我最怕与别人四目相对，特别是女生。上台后尽管经常手心冒汗，最怕投射过去的眼神被人笑话，但仍然不断地与台下“罩眼儿”（土话，盯着别人看的意思，一般指时间较长的那种）。最后竟然能够感到同学们目不转睛地盯着我，即便如此，自己也不再慌乱，仿佛在北外演话剧时，舞台上高灯下的我，尽情挥洒，如入无人之境。

2003年的计划和努力，对应2004年毕业时的轻松和惬意；那一年硕士阶段的学习和实践，对应着十几年后职场的新探索和新开拓。

现在，又到了9月毕业季。Commencement这个词很有意思，在美式英语中，它可以翻译成“毕业典礼”，而实际上，它还表示了“开始”“启动”。此时，恰恰一语双关：结束了之前的学习，开始了新的生活、新的征程。

留学英国最困难的时候怎么办?

一位留英校友在毕业时说，“我不是合格的MBA毕业生，但我觉得自己心里比以前平静了很多，不再因为困难而坐立不安，过程再艰险，也要继续往前走!”留学就好像英超的赛季，起起伏伏、坎坎坷坷。而留学的我们，就要像穆里尼奥一样，拿出勇气和意志去战斗!

北京时间2017年5月25日凌晨5点，在瑞典斯德哥尔摩举行的欧联杯决赛中，曼联队2：0战胜阿贾克斯队夺冠，并取得了进军下赛季欧冠的资格。颁奖典礼上，有一个场景让人动容：当曼联主教练穆里尼奥率领球队走上红毯时，5名拄着双拐的队员，也踉踉跄跄地上台领奖。整个赛季征战64场各类比赛的曼联，依靠千疮百孔的阵容拼到了最后的胜利!

这一幕让我忽然想起了在英国留学时的中国同学T，当得知自己的论文通过、可以拿到学位的瞬间，他那双长期失眠而变得无神的眼睛，闪耀着激动的火焰。他飞奔出校门，去花店买来鲜花，直接闯进了系主任的办公室，哽咽得英语已经连不成句，只得连连鞠躬，出门不久又进去了——忘记送花了。纯文科背景的T，进入MBA班突然发现自己其实真不适合读商科。当时35岁的T，每天都拿着录音笔艰难地听课。

“怎么办呢，我什么都听不懂！”我还记得开学后的一天，T请我去酒吧聊天时说的话。此时，工作了十几年的他，像一个刚上学的小朋友，满脸童真、满眼迷茫。

“我在国企、外企都干过，本来想到英国休息一下，充充电，没想到这么难，比客户难搞多了！”T一口气喝了半杯啤酒，嘴唇上残留的白色泡沫，仿佛给他添了白胡子，更显得沧桑。

寂寞烦闷的时候，时间变得很长，空荡荡的，免不了要把阴暗的、消沉的东西捡起来，填充进去。我和T走出酒吧透透气。高纬度的格拉斯哥，在夏季晚上11点，天色也才仿佛刚刚暗下去，就像傍晚时分的样子。浮云飘得很快，薄纱一样的思绪也随之翻卷而过，天与地渐渐融为一体。

道别后，T径直走向格拉斯哥大学的图书馆。短暂的吐槽，让他释放了心头的怨气，又开始苦苦地琢磨如何应对举步维艰的作业和考试。中国同学的作业往往是从“改编原著”开始的，后来过渡到写中文后“翻译”成英文，用英文思维去“创作”仍是可望而不可即的。有时候，憋半天写不出一百个字，写出来的这一点点也总要反复修改才像个样。T曾说自己熬夜写作业时，为了完成一个段落，经常困得睡过去好几次，醒过来再写。

留学期间，T经历了短暂的情场得意与失意后，完成了两门挂科后补考通过的“逆袭”，其中包括了胜算很低的财务管理（Financial Management）。补考结束的那天，他几乎睡了24个小时，而此前过度紧张的备考让他几乎一周时间没怎么休息。

在曾经的公司里，T做到了部门经理，他骄横得对属下颐指气使。到英国留学，T的嚣张被课业碾压得只剩下了谦卑的讪笑。他的毕业论文开始准备得最早，但仅提纲部分就被导师要求修改了10次，花了整整两个月时间。“起个大早赶个晚集”，T气得在一个雨天从大学走到格拉斯哥市中心的布坎南大街，没带伞，一路接受雨的洗礼，一路自言自语地大骂导师。“宽进严出”的英国教育体制差点把T逼疯！

“我留学前完全不了解英国大学，本来想混个学位，结果弄得很狼狈。”T后来拿到学位证书时，又做了一次“忏悔”。他这种留学的心态很冒险，在较真儿的英国人面前吃不开。

“从知识角度说，我这个学位含金量不高，这么费劲，也就勉强糊弄过了作业和考试。英语也就是个半吊子，比自己以前好些，但回到国内肯定不敢说留过学，挺丢人的。”T无神的眼睛似乎又恢复了天真和懵懂，我相信他说的是实话。

“早知道混个学位这么难，我当初就不该来英国，那时只是觉得硕士学制一年，比别的国家省时间。”T道出了留英学生的普遍心声。

“我不后悔，我从来没有这么拼过，从来没有对自己这么狠过。”深受失眠困扰的T，这一年体重下降了25斤！

“我不是合格的MBA毕业生，但我觉得自己的内心比以前平静了很多，不再因为困难而坐立不安、唉声叹气，过程再艰险，也要继续往前走！”

多年后，T请我到他在国内的办公室，墙上挂着一幅穆里尼奥横眉冷对的照片。T说，他特别喜欢穆里尼奥和穆里尼奥执教的球队，喜欢他的狠劲、勇敢、拼搏、无所畏惧！

我也喜欢穆里尼奥。他为这个被金钱、享乐和苟且浸染得有些糜烂的足球圈子带来了教化，让骄奢淫逸的球员重新燃起理想和激情的烈焰，让屡战屡败的团队在挫折中勇往直前，让质疑和咒骂成为一段段史诗乐章的前奏。

留学就好像英超的赛季，起起伏伏、坎坎坷坷。而留学的我们，就要像穆里尼奥一样，需要拿出勇气和意志去战斗！

身在英国，却没有一个地方叫英国

英国最大的“特产”就是文化，留学英国本质上是一次文化之旅。但愿咱们中国同学不要整日忙于作业、考试等国内应试教育延续下来的那一套，不要忽略了最可宝贵的“文化存在感”。

身在英国，却没有一个地方叫英国

苏格兰为什么要独立？苏格兰与英国是什么关系？为什么身在英国，却找不到一个地方叫英国？留学英国是一次社会文化的熏陶，其中有很多颠覆性的认识，不亲身经历，还真不知道呢！

除了学术文化的洗礼，留学英国其实又是一次社会文化的熏陶，其中有很多颠覆性的认识，不亲身经历，还真不知道呢！这其中，苏格兰与英国的关系最是“剪不断，理还乱”，别有一番滋味在心头。

去英国留学以前，我一向把苏格兰仅仅当成英国的一个地区，相当于国内的“省、自治区、直辖市”，或者干脆称之为“英国北部”。而直到格拉斯哥大学入学报到时，才对这个“地区”有了更深的认识。

我把录取通知书和学费的汇票递给一位负责注册的老师，他面带微笑，看了看通知书上的信息，很和蔼地说了一句：

"Mr Zhao. Nice to meet you."（赵先生，很高兴见到你）我的姓——"赵"这个字的发音，在他嘴里很像意大利语中的Ciao（"你好"的意思），难为他了。

"You, too."（见到你，我也很高兴）急于想练英语的我，没有遵循"言多必失"的古训，添油加醋地补了一句："It is great to be here in the UK."（来到英国感觉很好。）

"Actually you are in Scotland."（实际上你是在苏格兰。）

注册人员抬起头，语调中的热情仿佛降低了几十度，似乎也不是在煞有介事地开玩笑。

我的"锦上添花"宿命地变成了"画蛇添足"。我下意识地看了看注册台上那面小型的深蓝色底面、印着"白叉子"（圣安德鲁十字架）的旗帜，并不是之前熟知的大不列颠的米字旗。这地域观念未免太强了吧？就好像是有人问我"你是中国人吗"，回答是"不，我是北京人"，太荒谬了！

不过，渐渐地，我发现苏格兰人确实认为自己的土地是国家（country），而且在官方广告语中有We are a tiny great country（我们是个伟大的小国家）这样的描述。

我在英国政府和驻华使馆的官网上得到了印证：大不列颠及北爱尔兰联合王国由4个国家（Countries）组成，它们分别是英格兰、苏格兰、威尔士和北爱尔兰。这里的人也不认为自己是英国人（British），而一定强调说是苏格兰人（Scottish）。他们也确实独树一帜：操着不同的口音，使用看似不同的英镑[1]，爱喝苏格兰原产的饮料[2]。

看来这个“英国”只是对外的称呼，而“英国”（确切地说应该是在大不列颠这片土地上的国家共同体）“内部”彼此之间却分得很清楚，英格兰、苏格兰、威尔士、北爱尔兰，相互独立，各行其是。从这个意义上说，我身在英国，却找不到一个地方叫英国。

历史上，随着罗马帝国消亡，英格兰与苏格兰对立和隔绝的局面开始发生微妙变化。从表面上看，两个王国浸染在征服与反征服的冲突、仇杀和战争之中。而实际上，因对立而产生的隔绝却在匪夷所思之中慢慢地发生变化。英格兰和苏格兰因地理和历史等因素，逐渐成了命运共同体，不折不扣地成为大不列颠岛上的“孪生盟邦”。

到了1603年，英格兰王国女王伊丽莎白猝逝，没有子嗣继位，于是苏格兰王国女王的儿子——詹姆士六世——被尊为英格兰王国的詹姆士一世，开始了斯图亚特王朝。而此后一个世纪内，双方又经历了推翻国王的英国资产阶级革命、斯图亚特王朝复辟、资产阶级和封建地主阶级联合掌权实施的“宪政革

---

① 在苏格兰，苏格兰皇家银行（Royal Bank of Scotland）、苏格兰银行（Bank of Scotland）及克莱德斯代尔银行（Clydesdale Bank）有权发行各自的英镑货币，这些银行发行的英镑货币在整个英国通用，但在海外不接受换汇，只好在英国将这些“苏格兰货币”先换成英格兰央行发行的英镑才行。

② Irn-Bru（音同iron brew），苏格兰原产的软饮料，在当地的销量甚至超过了可口可乐。

命”（1688年的“光荣革命”）。百年的血雨腥风之后，1707年5月1日，苏格兰终于与宿敌英格兰媾和，签订了《联合法案》，成立大不列颠王国（The Kingdom of Great Britain）。

即便如此，苏格兰还是保持了“国中之国”的地位，保留了相当大的自主权——它的法律制度（不像英国法律，苏格兰法律一直以来都与欧洲、罗马法系有着更密切的联系[①]）、教育制度、宗教体系与英国其他地区都不同。

苏格兰的很多传统在动荡的历史中始终没有泯灭，反而得到了继承和发扬。苏格兰的精英从未抛弃自己的根，外来文化反而让其茁壮成长。[②]随着时间的推移，苏格兰的独立性也愈加凸显，自主权逐渐扩大。到了1998年，根据《苏格兰法案》（Scotland Act 1998）规定，恢复了已经消失307年的苏格兰议会。欧盟成立后，苏格兰在欧洲议会中还享有6个代表席位。

2011年苏格兰民族党（The Scottish National Party）上台后，自主权的要求达到了登峰造极的程度，提出脱离英国的动议，决定2014年9月18日为此举行苏格兰全民公决。记得2014年苏格兰公投前，我在格拉斯哥当地的报纸上看到伦敦（英国议会）与爱丁堡（苏格兰议会）之间打嘴仗的记录：

伦敦说：你们（苏格兰）要是脱离了英国，我就把苏格兰

---

① 《苏格兰启蒙运动的社会理论》第11页 克里斯托弗·贝瑞 著 马庆 译 浙江大学出版社

② 同上 第127页

地区的BT（British Telecom）网络切断，让你们没法上网！

爱丁堡说：我们脱离英国后，首先要切断通往英格兰的北海石油管线！

真像是小孩儿吵架，令人捧腹大笑。

在那次公投后，苏格兰仍然留在英国。一位苏格兰同事指了指自己的心说："从感情上，我想投票脱离英国。"然后，她又指了指自己的头说："从理智上，我觉得苏格兰不能脱离英国。"

2016年苏格兰首席大臣（First Minister of Scotland）尼古拉·斯特金在英国脱欧前，向英国首相特蕾莎·梅表示，希望得到伦敦的许可，再次举行苏格兰独立的全民公决，这遭到了英国首相的严词拒绝。而从另一方面看，英国也好，苏格兰也好，无论是分是合，人们在这片彼此相连的土地上，相互独立，相互依存，共建英伦文化，创造了高度的文明，引领世界长达两百年之久，至今还影响着人类。

虽然身在英国，找不到英国，但"英国"又是无处不在的。她率先以理性和法律为基石，使王权让位于民权，开创了前无古人的民主制度；以"和而不同"的政治智慧，维系了不列颠的秩序；以"日不落"的大国气度，连接了遍布世界的"英联邦国家"的相互合作与交流。

在文明层面，"英国"几乎是理性主义原则的代名词，难怪很多中外学者以此归结为英国对历史、对世界、对人类做出的最大贡献。

“宪法或不成文的宪法传统是政治统治权威和法律合法性的来源，人遵守宪法和法律，服从政治，是依靠超越特定宗教或意识形态的理性精神。在西方各国，政治理性化最早出现在英国，它是一个随工业革命和启蒙运动而导致的政治现代化潮流。理性化的表现是，维系社会秩序的基本规范（如选举和立法程序）和人们的宗教信仰、意识形态原则相背离，具有不同信仰的人可以尊重并遵守共同规范，这可称为规范认同。”①

分分合合，合合分分，沧海桑田。富有个性的苏格兰，又浸染在英伦文化的沃土上，“剪不断，理还乱”，别有一番情趣和滋味。

---

① 《开放中的变迁——再论中国社会超稳定结构》金观涛、刘青峰 著 法律出版社2010年

英国天天都是“读书日”！

有一种气质叫理性，有一种文化叫安静，有一种形式叫读书。知识几乎可以做到免费地、无偿地传播，知识鸿沟就不存在了，知识也不再神秘，不再高高在上。

国内的很多“节日”号称“国际”，而在英国时却没见到当地人有任何反应，官方更没有任何举动，比如国际妇女节、国际劳动节、国际儿童节等等，估计属于意识形态层面的问题。不过“世界读书日”倒是与国际并轨。这个名称应该是中式叫法，原本是World Book Day，世界图书日，联合国教科文组织1995年确立的，以英国著名戏剧家、文学家莎士比亚的生日和祭日——4月23日（莎翁出生和去世的日期偏巧相同）作为活动的时间点。

4月中下旬的英国复活节假期可能会影响“世界图书日”的活动，因此英国官方确认将时间调整到每年3月第一个周四。伦敦国际书展（London Book Fair）一般是每年春季举行，与“世界图书日”的时间比较吻合。

在国内，即使没有什么“世界读书日”，过去也经常盼着不同季节的书市。学生时代没什么钱，为了几块钱常常穿梭在书摊之间，学着“老油条”拿腔拿调地要挟摊主，不降价就走人，结果走出好远，也没见摊主追出来，毕竟还是学生打扮的菜鸟，早被识破了。买了不少“便宜”书，带回宿舍再一看，一本《围城》翻了不到10页，就发现了几十个错别字，费了那么多时间淘来的，还是“深度”盗版，气得直接卖废品了。

到英国留学后，买书的观念完全变了，可能是对于咱们中国人而言，英国的书太贵！确实，我留学读MBA的时候，汇率是1英镑 = 13元人民币，英国便宜的书平均也要7.99镑，100多块钱呢！课本就更贵了《市场营销》《战略管理》《财务管理》都是四五百页，常常用较贵的铜版纸印刷，又厚又沉。如果是名家的大作，少说也要六七十镑，人民币就上千了！

穷学生在英国见识的第一个世面就是大学的书本费高！MBA又是英国大学必修课最多的专业，要是把主课课本都买下来，不说上万元人民币的开销，七八千估计也有了。

中国人爱书，不过也讲究“实惠”。在英国天天脑子里转的，除了英语就是汇率。困难从来难不倒中国人，绝对的！比较重要的课程一般都会去买新书，比如《战略管理》《市场营销》，属于MBA的核心课程，豁出去了！其他的，比如《组织行为管理》，买二手的就好。大学的学生会一般都有小型的二手书市，以前的师哥师姐留下的旧书很抢手。

中国同学之间一般会私下交易。打折课本如果还想继续砍价，学长会要求再搭一个用过的七八成新的电饭煲，或者没有到期的电影票通卡（有效期内无限次看电影），甚至还有笔记本电脑、打印机、手机等等。

卖主扩大了销售范围，买主——特别是初来乍到的新生，也可能淘到除了书以外自己急需的生活用品。现在出国留学的中国学生，比我那一代留学生阔绰多了。为了省钱去复印书的应该不多了——当年也算是我获取课本的重要的渠道。

读课本之外的“闲书”，我一般会去Oxfam 之类的二手店。Oxfam是公益类的旧货回收站，用过的衣服、被褥、厨具、书籍都可以捐给他们。他们经过简单的清洁处理后，再低价卖出去，挣到的差价再捐给教堂、慈善组织。这里的书品种繁多，非常便宜，而且买书的同时可做善事，很合算。

当然，在eBay、亚马逊买旧书也很爽，我与大学法学院的一位教授聊天时得知，他的读书习惯是先在网上买二手书，常常可以淘到几p（几便士，相当于国内的几毛钱）的书，读完就扔掉，感觉好的话再买新书收藏。

喜欢传统阅读习惯的英国人倾向于读纸质书，去实体书店（如Waterstones）。以书为特色的杂货店（如WHSmith），在英国很普遍。不过这些书店内部格局很古板，尤其是Waterstones，在木质地板、木头楼梯上行走，发出咯吱咯吱的声音，虽然没有台湾诚品书店的现代和雅致，丝毫不会打扰英国人翻书的热情。

如今回想起来，其实书真的不贵。买不起原价书，可以买打折书；买不起打折书，可以去图书馆借书；借书受限制，还可以在手机上看免费的电子书。

知识几乎可以做到免费地、无偿地传播，知识鸿沟就不存在了，知识也不再神秘，不再高高在上。

英语的“负能量”你能感受到吗？

与英国人交流其实并不轻松。英语经过了上千年的打磨，完全融入了英国人欲言又止、遮遮掩掩的处世风格，失去了几乎所有棱角，变得柔滑、圆润，当然，也不乏冷幽默以及不露声色的尖酸、刻薄。

在英国的学习和工作，对我启发很大的一点是，英国人有时比咱们中国人的头脑还要复杂，更善于绕圈子、“打太极”。

中国人愿意说“听话听音”，习惯于揣摩说话人的“弦外之音”，其实英国人也是如此，而且更上一层楼，说者“有”心，听者有意！英式英语学习中，常常渗透着以上说到的语言文化，这样才能深刻地感受中英文化的冲突与融合。

英国人厌恶煞有介事、自命不凡，而习惯于弱化事态的性质，采用轻描淡写（understatement）的方式交流思想。英语中的很多表达都是若无其事、镇定自若的，偶尔用了比较“严重”的辞藻，反而会遭到对方不屑的眼神。以下的英语表达，暗含了类似的玄机，体现了英国人特有的冷幽默以及不露声色的尖酸、刻薄。

Not too bad.

当年在中学学英语时，我印象最深的问候语来自《英语900句》（English 900），在当年算是英语教学业界的“宝典”了。

How are you?

Fine. Thank you. And you?

I’m fine, too.

这套“贯口活儿”在课堂上、英语角广泛使用，成为中国学生应付外国人的“三板斧”。而英国人回答时常用Not too bad，感觉似乎有些问题。按照中文的翻译——“不坏”，应该比Good和Very good“档次”低一些。

其实，这个回答并不是程度上的好坏，与Good、I am fine没有什么区别，与北京人说的“吃了吗”没什么两样，不过起到打招呼、引出话题的功效而已。

A bit…

“一点儿”是字面的中文翻译，实际上，英国人为了掩饰或为了表示拒绝，常常用这个“一点儿”代表“非常”“很”。比如，为了迎接刚乘坐国际航班到国内的英国同事，我会考虑带他们去酒店附近转转、放松一下。

不过，与英国人工作了这么多年，我不会轻易为他们确定行程，总是商量着来，不仅仅是出于礼貌，也是要试探他们实际的精神状态和身体条件。英国人此时会说，This is very sweet.“太贴心了”——别急，继续听下去——I am a bit tired.“我很累了”——这才是他的本意——不想去！

Nobody's fault.

工作没做好，英国人等着我解释原因，他们似乎在等我说Sorry（抱歉）或Apologies（都是我的错），但当我表示歉意后，他们的回答却是Nobody's fault，“不怨你”。

其实，答案很明确，英国人确实在埋怨我，潜台词是“都怪你”，只不过用这么一句类似于汉语中的“人非圣贤，孰能无过”来回答。

Interesting!

这个词英国人用得很多，汉语翻译成“有趣”，其实，应该谨慎使用，这个词的负面意义远远大于正面，而且往往很“无趣”。

We had an interesting talk.（我们的会谈令人沮丧。）

What do you think of your job?（工作还好吗？）

Well, it is interesting.（没意思 / 不好！）

如果真要表达中国人认为的、正面的“有趣”，应该用exciting、impressive、fantastic等更“阳光”的英文词，interesting其实很“阴郁”！英国人不同意对方的观点时，常常用interesting做评论。

We have some issues.

一谈到“问题”，中国人首先想到problem。真有问题的话，英国人却很少用problem这个词，倒是“没问题”时他们会说No problem。“合作双方之间还存在很多问题”，英国人用issues代替problem，翻译为The two parties have some issues。如果问题严重，他们会用big issues。英国人习惯于弱化事态的性质，采用轻描淡写（understatement）的方式：

The understatement rule means that a deliberating and painful chronic illness must be described as “a bit of a nuisance”; a truly horrific experience is “well, not exactly what I would have chosen”; a sight of breathtaking beauty is “quite pretty”; an outstanding performance or achievement is “not bad”; an act of abominable cruelty is “not very friendly”, and an unforgivably stupid misjudgement is “not very clever”; the Antarctic is “rather cold" and the Sahara "a bit too hot for my taste".[①]（在"轻描淡写"法则的作用下，将痛苦的慢性疾病称作"小恙"，对惊恐万状的经历以"与自己的预期不大符合"一笔带过，把惊世之美说成是"挺漂亮的"，丰功伟绩降格为"还不错"，惨无人道变成了"不大友好"，不能宽恕的愚蠢错判反而被形容为"不太明智"，南极"比较冷"，撒哈拉地区"对我来说稍微热了点"。）

学英语，不仅仅是语言的国际化，本质上还是学习一种不同于中国人的思维方式和行为方式，这是一种挑战，也是一种乐趣。基于语言背后的文化元素，中国同学更不应该用中翻英、英翻中的传统套路应对不同语境的不同表达。

① 引自Watching the English-The Hidden Rules of English Behaviour，作者Kate Fox

在英国大学，Vice Chancellor是副校长吗？

你知道在英国大学里Vice Chancellor是什么意思吗？没有留英的教育、文化经历，把Vice Chancellor翻译为“副校长”确实很正常。随着中英教育交流的不断深入，英式文化的曝光率将不断提升，有助于我们进一步了解这个世界近现代文明的重要发源地。

2016年，为了迎接诺森比亚大学（Northumbria University）校长拜访中国教育部和中方合作院校的事，我与国内相关机构的邮件往来不断。有院校问：“Andrew，你们学校代表团的名单上怎么没有校长啊？好像只有Vice Chancellor。”

显然，中方机构误把Vice Chancellor理解为副校长了。从字面上看，Vice有副职的意思，平时国内大学副校长一般翻译为Vice President，至于与Chancellor相关的词很少用，倒是经常在政治领域看到，比如德国总理默克尔的头衔就是Chancellor。

西方的教育领域中，Chancellor这个词在英国、爱尔兰、澳大利亚等国应用广泛。总体而言，相当于“名誉校长”（也可以翻译为“校监”），但并不仅仅是荣誉衔，有选举、任命程序，有任期，有具体职责。“名誉校长”往往是有社会影响的公众人物，多在仪式、典礼、重要学术会议上出现，比如毕业典礼颁发学位证书等。从这个意义上说，“名誉校长”相当于大学的“元首”，更多意义上是学校的象征和标志。

诺森比亚大学现任Chancellor是英国残疾人运动员Tanni Baroness Grey-Thompson。这位温文尔雅、意志坚强的女性，曾参加过5届残奥会，获得11枚金牌，而且6次夺得伦敦轮椅马拉松冠军，保持着30项世界纪录。

英国哈德斯菲尔德大学（University of Huddersfield）的“元首”也很有特点。出演过《X战警》《星际迷航》的英国著名演员Patrick Stewart，在2004年至2015年间做过该大学的Chancellor。自2015年7月起，英国王室约克公爵安德鲁王子（Prince Andrew）接任了这一职务，并于2016年4月在人民大会堂受到了中国国家主席习近平的接见。

在这种体制下，英国大学的校长不是Chancellor，而是Vice Chancellor。其中，英格兰的大学校长头衔有时还会强调其行政职能，比如诺森比亚大学校长Andrew Wathey教授的头衔是Vice-Chancellor and Chief Executive。而在苏格兰的古老大学里，比如圣安德鲁斯大学、格拉斯哥大学、阿伯丁大学、爱丁堡大学、邓迪大学等，校长的名头往往是Principal and Vice

Chancellor。

更有意思的是，苏格兰的这种“风格”后来传到了北美，其中加拿大的麦吉尔大学（McGill University）的创始人是格拉斯哥大学的校友，他们的校长也称为Principal and Vice Chancellor。

另外，在英国，“副校长”的名堂也很多。级别仅次于Vice Chancellor的是Deputy Vice Chancellor（简称DVC），再往下还有Pro Vice Chancellor（简称PVC）。在相对传统的英国大学里，有些副校长同时还有授课的职责，但这种风格已经逐渐被分工更加明晰的职责所代替。从发展趋势看，副校长的管理职能将完全从教学职能中分离出来。从级别看，有些英国大学里，DVC的地位高于PVC，但各校有自己的管理体制，不可一概而论。

国内大学校长、副校长的英文翻译一般是沿用美国大学的模式，称作President和Vice President（VP），常务副校长是Executive Vice President（EVP），对英制的Chancellor、Vice Chancellor、Principal、Deputy Vice Chancellor等，则比较陌生。

随着中英教育交流的不断深入，英式文化的曝光率将不断提升，有助于我们进一步了解这个世界近现代文明的重要发源地。

英国人更接纳马云还是高晓松?

在整个英国社会中，马云的财富不会成为太大的谈资，因为内敛而保守的英国人喜欢平易、平淡和平静，依靠财富的身份认同并不是英国的主流价值观，而高晓松的文质倒有可能成为他们欣赏的侧面。文化价值可以超越意识形态和社会世俗观念。在我看来，做不了马云，当高晓松也挺好。

留学英国的一大收获就是了解到英国人的秉性。他们彬彬有礼的微笑背后，内敛、沉默、不冷不热，他们是“西方人里的中国人”，常常不动声色，善于“打太极”。

阿里巴巴在美国上市那天，美国人和中国人的眼睛紧紧地盯着股市大盘，他们屏息注目的是“中国电商”概念股能否让自己盆满钵满，他们顶礼膜拜的是又一个“一夜暴富”的资本传奇！这场景很像炙手可热的纽约地产大亨特朗普，走上多年来“体制外”（没有任何政治背景）的中产阶级无法染指的美国总统宝座时，支持者山呼海啸的呐喊。

英国人会把注意力放在阿里巴巴董事局主席马云演说时流利、“正点”的英语上，以BBC为代表的英国主流媒体，会捕捉到马云的知性，用略带异样的眼光，审视这位其貌不扬的电子商务的巨人，倾听他对美国电影《阿甘正传》价值观的剖析。马云颠覆了英国人对中国企业家或“官气”或“匪气”的一贯看法。

英国人对成功的定义和中国不同，所以，他们对外在的、依靠名利获得的身份认同没有太大的兴趣。

我偶然看了《晓松奇谈》的电视节目，对主持人高晓松的谈话发生了浓厚的兴趣，同时也不由自主地用英国人的标准审视这个公众人物。见到高晓松，是在马云痴迷于《阿甘正传》的1995年，也是“校园民谣”引领的中国大陆原创音乐如火如荼的时候。高晓松和“老狼”一起来到北外大礼堂，边调侃边唱了《同桌的你》《睡在我上铺的兄弟》。如日中天的高晓松，在那时看来，其实只是个嗓音悦耳、相貌平庸、披着长头发的大胖子，不过他的词曲确实很有魅力。

那段“中国风”很快就刮过去了，后来很长时间，完全想不起这个人，直到高晓松因酒驾进了监狱。虽然作为“过气”名人比较没面子，但他诚恳的忏悔以及事后为禁止酒驾而做出的努力，让我忽然觉得这个鱼龙混杂的“娱乐圈”里竟然有这样的大度、谦卑和文质，反而令人刮目相看。

如今看《晓松奇谈》（可惜已经停播，只能看过往的视频了），忽然有“失敬”的惭愧，要知道自易中天的电视讲坛节目后，已经很长时间没有看到如此口若悬河、旁征博引、学贯中西的文人了！翻了翻网上的介绍才知道，高晓松是“清华大院”书香门第的“学二代”。

在整个英国社会中，马云的财富不会成为太大的谈资，因为内敛而保守的英国人喜欢平易、平淡和平静，依靠财富的身份认同并不是英国的主流价值观，而高晓松的文质倒有可能成为他们欣赏的侧面。文化是英国人安身立命的根本。他们是热衷收藏古董、旧货的民族，他们是读书成癖的国家，他们是“个体自足”的“特种人类”。

文化价值可以超越意识形态和社会世俗观念。在我看来，做不了马云，当高晓松也挺好。

难忘的苏格兰情人节

当心魄纵情游走时，也注定丧失了依靠和求助的借口。天马行空的壮美中折射着冰冷的孤寂和萧索，闪烁在深蓝色的天宇中。还好，既然皈依洒脱，也就义无反顾，一切都变得简单，省去了选择的踌躇——一段绵延至今的苏格兰情感历程！

作为游历的行者，我的归属感在空间上渐渐模糊了，影像和声音中的触碰也有些磨损、混淆，心海的波浪随着纷扰的世界起起伏伏，周而复始，锈蚀了曾经乘风破浪的一叶扁舟，搁浅在没有生气的沙滩，记忆遮上了一层混沌的迷雾。

不过，所幸自己还保留着当年的“航海日志”——厚厚的日记，将里面每个柔弱、平凡的文字连接起来，随着页面翻过时产生的震动，似乎响起了十几年前的惊涛骇浪，跃然纸上的是当年启航的风帆，在海鸥盘旋的海面上伸展、飘扬。

游走天涯的航船，曾经在狂风暴雨中飘摇，在风和日丽中狂歌，在雾气弥漫中困顿，在暮色苍茫中勃发。不管怎样，它的身后都留下了与众不同的浪纹与波痕，它的汽笛发出了独一无二的呐喊与呼声，它的伟大与渺小、坚强与孱弱、豁达与猥琐，都刻录在沉甸甸的记忆中，需要翻开那一页页封存的瞬间，焕发曾经的华彩，着色曾经的黯淡，还原曾经思索的轨迹。

我去英国留学时，已经快30岁了，此前在职场上一直到处“碰壁”。

企业里要职称，我的中级经济师连续3年没考过；没有什么上层关系，在国企的升迁之路遥遥无期；赶上国企“脱困”，钱又挣得少；公派出国留学的机会，在入职的第二年就取消了；年龄大了，买不起房子，还要和父母挤在一起住；经历了很多blind date（媒妁之言），接触的女朋友也不少，但总像两颗平行轨道的星球，始终碰不到一起。

“人挪活，树挪死”，“逃出”了曾经“非典”肆虐的北京，来到英国读书，碰到了她。我们是校友，我在商学院，她在法学院。不可思议的是，我追求的两情相悦，终于不期而至了。

英国的学业重，我们见面的机会也不是很多。那时没有微信、微博什么的，我当时的手机套餐里每月500分钟免费通话时间以及300条免费短信，除了每周末与爸爸、妈妈联系外，便几乎都用来与她联系了。我们这一对宅男宅女渐渐有了很多共同的爱好：喝咖啡、吃日餐、关注平民选秀节目、看周星驰的电影。

假期，英国——特别是在苏格兰一些城市和乡村，留下了我们的足迹。素昧平生的两个中国人，在异国他乡结下情缘。我们在格拉斯哥春雨中的Cumbrae岛，那是烙印着30岁的、沐浴在海风中的四月天。

舒缓的云层慢慢散开，臃肿的棉絮像是洗晒了一样蓬松柔软。灰蒙蒙变成了蓝莹莹，天空恢复了灿烂。海的心情也扫去了阴霾，还原了碧蓝的平静。

Cumbrae岛的草场上散落着雪团似的羊群，和天上的白云相映成趣。碧绿与碧蓝调在一起，三十岁的画笔随意涂抹，惬意洋溢在笔尖。

躺在草场上，融在风的怀抱中，头脑被悉心按摩，好不舒爽。以二十岁出头的年龄尽管就要逝去，但浪漫的情怀却是永恒的。喜爱话剧的心思常常把旅行中的风景搬上脑海中搭建的舞台，戏梦人生，闲情逸致，三十岁更能体会。

——《格拉斯哥的云》2004年4月14日

写于格拉斯哥住所

我们流连于爱丁堡闪烁的灿烂霓虹，一个风潮、海潮、人潮、心潮汇聚激荡的旋涡。

心潮悠远。爱丁堡繁星般的街灯闪烁着，落日的余晖染得晚霞绯红，是兴奋的笑脸，还是酒后的面颊？城堡在夜幕的浓墨中成了黑色的剪影，这张“古堡霞光”的明信片应该早早寄给远方的友人。心海荡舟，潮声轻柔，随着波浪的晕纹扩展开去，漂流开去，是远航的汽笛，还是灯塔的闪光？荡漾开去，弥漫开去，是夜色依稀，还是浮光跃金？潮起潮落，潮落潮起……

——《听潮爱丁堡》2004年1月4日

写于格拉斯哥住所

我们奔跑在苏格兰东海岸Crail的绵长小径，期盼着心灵与希望同行。

步点有些低沉了，风有些萧瑟了，天空有些污浊了，大地有些荒芜了。这是自由的代价吗？也许。当心魄纵情游走时，也注定丧失了依靠和求助的借口。天马行空的壮美中折射着冰冷的孤寂和萧索，闪烁在深蓝色的天宇中。

还好，既然皈依洒脱，也就义无反顾，一切都变得简单，省去了选择的踌躇。

海边的沃野上，牛儿闲适地咀嚼、散步，阳光暖暖地抚慰着生活简约的生灵，潮水不知疲倦地重放着舒缓的节奏。田园的清幽缠绕在行者的脚腕上，一路幸福地跌跌撞撞、披荆斩棘，近乎疯狂地降落在自由的乐土，忘掉了肆意的汗水，忘掉了裤子上的草屑，忘掉了仆仆风尘。

Anstruther的小巷寂静无声。静，还是静，沉静，宁静，平静。

那是心灵深处的角落。

——《“角落”之行》2003年10月4日

写于格拉斯哥住所

我们领略了苏格兰高地（Highland）的雄浑、跌宕，燃烧着青春岁月的华彩与浪漫……

海水清澈、碧蓝，涛声依旧，而四周却是静悄悄的。古堡的残垣断壁给海增添了沧桑的皱纹。千年的惊涛骇浪，千年的微波抚岸。

老了，但仍激情四溢；久了，但仍生生不息。

云翻腾起来，海也滚动起来，雷鸣电闪，苏格兰的疾风暴雨总有不可抗拒的威严。雨的千军万马轮番天降，摧毁了无数雨伞，隔断了无数来路。

不过还好，手牵在一起，心系在一处，苍天预谋的扫荡和封锁并未奏效，命运的淫威并未得逞。

风会停，雨会住，而人们风雨同舟的力与美却不曾泯灭。

彩虹升起，梦想重生，相依的背影移向小镇的深处。

天，是蓝蓝的天；海，是蓝蓝的海。

——《天蓝，海蓝》2004年11月21日

写于格拉斯哥住所

毕业两年后，我们在北京举行了婚礼。所以，我们不会忘记英国，不会忘记苏格兰，不会忘记格拉斯哥。

晒晒世界名校的著名“编外校友”

名誉学位与名人联系在一起，有的实至名归，有的沽名钓誉，大学的“编外校友”倒是一道风景，值得玩味。

苹果公司CEO蒂姆·库克（Tim Cook）又上了头条，不过不是因为iPhone的业绩，而是英国格拉斯哥大学将授予他名誉博士学位。

在国外，名誉学位最早是授予宗教界人物的。历史上第一个名誉学位的获得者是15世纪中后期英格兰的一位主教Lionel Woodville（Bishop of Salisbury in England），他不仅得到了牛津大学的名誉学位，还做过一段时间该校的校监（Chancellor，或称作名誉校长）。名头看起来不小，不过请注意，当时英格兰只有两所大学——牛津、剑桥，授予名誉学位也是“责无旁贷”。

名誉学位渐渐向世俗的王室靠拢，成为皇亲国戚造访大学的“标配”。1605年，英格兰国王詹姆斯一世驾临牛津大学，他和43个随行一人一份，一起被授予名誉学位！这世俗的名誉学位变得庸俗了。想起当年盛行的国内名牌大学EMBA班，政府领导、暴发户、企业高管纷至沓来，签个到、听一耳朵讲座、休息两节课、把上下游的关系疏通一下，剩下的事——作业、论文就交给秘书、助理们了，毕业典礼的时候一定要来，一定要照相，一定要把照片摆在办公桌上。沽名钓誉的历史和现实总是很相似。

后来，名誉学位的授予开始制度化，有明文规定做依据。获得“名誉衔”的人物，不再是“出身”使然，而更多的是他们的品德、业绩和贡献。为了防止学术腐败，有些大学干脆就不允许授予任何形式的名誉学位，比如麻省理工学院、康奈尔大学、斯坦福大学等。

为了区别于实实在在学习、拿真文凭的校友，“名誉学位”的人群姑且叫作“编外校友”吧。作为格拉斯哥大学最新的“编外校友”，蒂姆·库克应该还不是最有名的。在这个1451年建校的英国古老大学历史上，最有名的“编外校友”非詹姆斯·瓦特（James Watt）莫属。谁能想到，这个号称“工业革命之父”的巨匠，当年还是个“体制外”自学成才的技工，他没有受过正规高等教育，但因心灵手巧，在格拉斯哥大学参与天文仪器（后来拓展到其他领域的科学仪器）的制作，算是个“临时工”。而实际上，按今天的标准衡量，瓦特应该算是教学（教研）设备供应商，只不过经营模式还属于小作坊。

在工作闲暇，瓦特对蒸汽机表现出了浓厚兴趣，研究其原理并提出了改进方法。瓦特的钻研精神和业务水准感动了亚当·斯密，当时作为格拉斯哥大学教授的斯密给校长写信，将瓦特转为学校的“正式工”。瓦特成名后，格拉斯哥大学授予他名誉法学博士学位。名誉学位的范围不断扩大，除了商业、科学领域的精英外，文学家、运动员、政治家也在其中。

《哈利·波特》的作者罗琳不仅创造了发行量超过4亿册的出版奇迹，而且她本人的传奇经历也是一部追逐梦想的励志经典。

迄今，英国圣安德鲁斯大学、爱丁堡大学、龙比亚大学、埃克塞特大学、阿伯丁大学和美国哈佛大学分别授予她名誉博士学位。

提起英国纽卡斯尔市，足球迷总会想到纽卡斯尔联队，以及这个球队和城市的英雄阿兰·希勒。这个出生在纽卡的“英国东北人”是天才射手，职业生涯的英超进球总数达到260个，至今无人望其项背。这个球技高超、性格憨厚、彬彬有礼的“绅士球员”，获得了英国纽卡斯尔大学和诺森比亚大学授予的名誉法学博士学位。

政治家的沉浮往往是难以预计的，他们的人生轨迹左右着名誉学位的含金量。西奥多·赫斯伯格（Theodore）牧师是美国著名社会活动家，参与和推动了美国民权运动，得到了全社会的崇仰，他一生得到了150个名誉学位，创造了一项世界纪录!

而布莱尔和特朗普就另当别论了。英国前首相托尼·布莱尔（Tony Blair）被英国诺森比亚大学授予名誉法学博士学位，但他执政末期和去职后官司不断，2016年7月公布的《伊拉克战争报告》，直指布莱尔在英国参加伊拉克战争的问题上决策失误，如今诺森比亚大学也很少提及这个声名扫地的“编外校友”了。比布莱尔更糟糕的政治类“编外校友”就要算现任美国总统唐纳德·特朗普（Donald Trump）了。

在美国大选白热化的当口，2015年12月7日，特朗普公开表示美国应该禁止穆斯林入境，这一极端言论立刻遭到全球范围内的反对。英国的反响也非常强烈。苏格兰政府收回曾授予特朗普的“苏格兰全球商业大使”称号，同时，英国罗伯特·戈顿大学（Robert Gordon University）撤销在2010年授予特朗普的名誉工商管理博士学位。

一座大学，一个城市，一段历史

英国的大学与城市、历史“三位一体”。留学英国的精华之处，其实是回归乡村都市、都市乡村的雅趣，体味城市文化中独特的英伦范儿。

老舍的伦敦，伦敦的老舍

英国留学很像是一次文化探秘的旅行，边读书，边零距离接触英国，愉悦而享受。我这次工作期间的伦敦之行，做了很多功课，把中国文化名人、作品与伦敦的几处地名结合在了一起，虽然时间紧，没能按计划全部覆盖，还是很开心，与准备英国留学、旅行的朋友分享。

2017年4月，借出差英国的时机，我沿着中国现代文学巨匠老舍百年前的足迹游走了伦敦的几个去处。

1924年，面容清瘦、举止儒雅的舒庆春，应聘伦敦大学东方学院（后来改称亚非学院）的汉语老师，在伦敦居住了五年。在此期间，他创作了自己的第一部长篇小说《老张的哲学》，刊登在上海的《小说月报》上，并第一次使用“老舍”作为笔名。这座老舍又爱又恨的西方大都市，与中国现代文学史、中国早期对外汉语教学的历史，藕断丝连式地联系在了一起。

诺丁山（Notting Hill）

那时伦敦大学东方学院付给老舍每年300英镑的薪水，据说相当于现在的20万元人民币，按说不少了，不过伦敦的吃住行成本高，老舍还要给老母寄钱养家，这样算下来所剩无几，生活一直很拮据。为了省钱，老舍曾短时间住在伦敦外围的赫特福德地区，由于每天不胜其烦的车马劳顿，让他后来还是选择相对近一些的St James's Gardens的公寓。

我本想直奔老舍在St James's Gardens的故居而去，那里被列为700多处"英国遗产"（English Heritage）中的一个，而且是唯一一处为中国人挂的牌子。非常可惜的是，我误以为伦敦Euston火车站附近的St James Gardens就是，跑过去一看，这个园子旁边的大楼正在推倒重建。怎么？英国这边也不顾名人遗迹而强拆吗？后来一看，不仅名称上少了's，邮编也对不上。老舍的房子其实在城市西郊（West End）附近的诺丁山（Notting Hill），31 St James's Gardens，Notting Hill，W11 4RE。

老舍在英国时，Central Line等地铁线早已开通，从Holland Park或Notting Hill Gate车站上地铁，到伦敦中心区域的东方学院应该很方便。Notting Hill现在已经是富人区了，那部浪漫喜剧《诺丁山》（Notting Hill）就是在这里取景的。不过在老舍的年代，还相对落后，房价应该会便宜些。

伦敦大学东方学院

英国大学大多没有围墙，在寸土寸金的伦敦，大学更是与周围环境融为一体，商业区里的一栋楼，可能就是读书、上课、查阅资料的所在，如果不挂上院系的铭牌，恐怕也会被当作写字楼或公寓楼看待。

在伦敦的核心区域（靠近金融城），1916年成立的伦敦大学东方学院（School of Oriental Studies，University of London），是为了大英帝国了解东方殖民地的语言、文化而专门设立的研究型教育机构，地址是2 Finsbury Circus，London。

在当时，真正要教授汉语的，只有老舍一个中国人外加两个英国人，有全日制的学生，也有业余听课的兼职学生，甚至还有纯粹出于兴趣来听课的老年人。而且，学院的要求是一切以学生的需求为中心，哪怕有一个学生上汉语课，也要实施教学，老舍一对一给老人上课的场景也记录在了有关史料中。

老舍一边教课，一边编写、修改教材。从网上还能听到老舍为汉语教材录制的口语教程，这位土生土长的北京作家，声音圆润，吐字清晰，京腔京韵，在当时算是标准的“官话”口语。后来东方学院改名为亚非学院，校区也搬到了大英博物馆附近的Bloomsbury。从老校区遗留下来的档案中，还能查到老舍为了涨薪给系主任写的英文信件，据说BBC还曾请老舍做过英文演讲，这些蛛丝马迹能够感受到年轻的老舍在英语上的进步。

其实，老舍在东方学院，除了教课外，还在图书馆阅读了大量英国小说，特别是狄更斯的作品。狄更斯幽默、冷静的笔法，对老舍日后文学上的成长产生了影响。

戈登胡同35号

从很多材料上看，潮湿、阴冷的天气，乏善可陈的“英国餐”，陌生、隔膜的异域文化，让老舍在伦敦的生活并不舒心。

有评论家分析，老舍的父亲是清朝八旗军中的下层士兵，在八国联军入侵北京时牺牲，这件事被母亲反复提起，对老舍产生了不小的影响。传统的中国人，经历国恨家仇的洗礼，经历贫苦卑贱的磨炼，远渡重洋到异邦求营生，这种痛苦使老舍的自尊心承受着压力。

当然，英国人的秉性也让老舍更加孤独。

> 多数的英国人愿当鲁滨孙，万事不求人……他的礼貌与体面是一种武器，使人不敢离他太近了。
>
> ——老舍《英国人》

于是，除了协助合租公寓的英国室友艾支顿（Clement Egerton）做《金瓶梅》的英文译本外，老舍把大量业余时间投入到写作之中，以自娱自乐的方式排解寂寞与惆怅。善于观察的老舍，在自己的小说《二马》中，使用了很多伦敦当地的真实地名。

“牛津大街总是被妇女挤满了的”；

“到了博物馆街，他往左拐了去。穿过陶灵吞大院，进了戈登胡同”；

“戈登胡同门牌三十五号是温都寡妇的房子。房子不很大，三层小楼，一共不过七八间房”；

“咱们现在是在利物浦街”；

……

我按照小说里的几个地名走了一下，确实与当地很合拍。只是《二马》马氏父子租的房子——戈登胡同35号，费了我很大的周折。按照中文的字面义，我没有找到匹配“戈登胡同”的Gordon Lane，能找到的是Gordon Square，以花园为中心的长方形围拢的楼群。

这一圈建筑群中有UCL的考古研究所、LSE的教学楼，门牌号独独缺了35号。不过，总不能让老舍一边写作、一边查地图吧！还是我矫情。不强求了。我也该坐地铁、赶飞机回国了，此时还想到老舍在《英国人》的散文中提到的："他们（英国人）不爱听世界大同，四海兄弟，或那顶大顶大的计划。他们愿一步一步慢慢地走，走到哪里算哪里。"

我也是随遇而安、入乡随俗，还是很满足，在英国的学习旅程其实可以很文化、很享受。

三位一体的剑桥

过往的，现实的，什么惊世巨著，什么风云际会，什么缠绵悱恻，似乎一点儿也没有影响剑桥的静谧、安逸。一座耳熟能详的世界名校，一个闲适幽深的乡村小镇，一段源远流长的恢宏历史，这就是剑桥！

1209年，继牛津大学之后，英语世界诞生了第二所高等学府——剑桥大学。近千年的宗教和岁月传承，像手持斧凿的匠人，从中世纪前夜就开始千锤万击地打磨。其实，到了剑桥才知道，根本找不到所谓“剑桥大学”。能找到的是31个独立的剑桥学院和6个研究机构，也像伦敦大学一样，没有统一的校区概念，各个学院的本科阶段都是独立招生，学院还负责学生住宿和服务。

这些学院中就有著名的剑桥三一学院（Trinity College），最有趣的标志是门口一棵不大的苹果树。据说是从牛顿家乡伍尔斯索普庄园嫁接（部分枝条）过来的，以纪念这位剑桥最大牌的校友。牛顿被掉落的苹果砸到脑袋，由此产生的灵感促使他发现了万有引力定律的故事在中国妇孺皆知。

不过这则故事后来被认定是传说，而“牛顿苹果树”虽然历经风雨，竟奇迹般地存活了下来。英国女王伊丽莎白二世还颁发了保护令，特意关照这棵生长了350多年的老树。

1661年，18岁的牛顿开始在剑桥学习。这位世界近代科学的巨人在大学本科阶段，就已经勾画出了微积分的雏形。1727年牛顿去世后，英国为他举行了国葬。经国王特许，牛顿被安葬在伦敦威斯敏斯特大教堂，成为获此荣宠的第一位科学家。

虽然三一学院彪炳史册，但剑桥的标志性建筑却是国王学院（King's College）。

无论是康河（River Cam）一侧，还是“学院路”（实际的名称是Kings Parade）一侧，国王学院的风采都是那样难以抗拒。这里曾经是经济学理论的中心。英国著名经济学家凯恩斯曾在这里学习、任教，他主导的凯恩斯学派提倡政府主导、影响经济，而与此同时，伦敦政治经济学院哈耶克为首的“奥地利经济学派”（Austrian School of Economics），则坚持自由经济的方向，反对国家对经济、社会的各种形式的干预。两大著名高等学府、两大著名经济学派，发生了旷日持久的激烈争论和“对峙”。

20世纪30年代，世界范围内的经济危机，暴露了资本主义运行体制中的诸多弊病，思想界、理论界对自由经济口诛笔伐，凯恩斯主义成为主流经济学说。凯恩斯主义指导下的美国罗斯福新政，挽救了崩溃中的美国经济，使奥地利学派的自由主义论调被打压。

尽管如此，哈耶克仍然坚持自己的观点，并于1944年在英国出版了著名的《通往奴役之路》一书，对集权经济体发展的现状和前景发表了措辞尖锐的批判。

“二战”后，和平时期的经济发展中，政府的干预越来越成为正常经济运行的绊脚石，凯恩斯主义的主导地位受到挑战，奥地利学派的自由主义观点再一次引起了全世界的重视。

不过，当年的唇枪舌剑、风云际会，似乎一点儿也没有影响剑桥静谧、安逸的气氛。这里更像英国传统的乡村小镇，一片居民、学生、游客聚集的村社。剑桥的“街道”（street）不过是路人、机动车、自行车并行的小径，柏油铺就而已。砖石材质的便是“路”（road），还有类似国内胡同、窄巷的lane。Bridge Street上的意大利餐厅、中餐厅、酒吧、康河码头，人头攒动，地地道道的旅游点、休闲场所，而桥的两侧不远便是剑桥的那些享誉世界的学院，如此相映成趣，如此兼容并蓄。

出租司机咒骂剑桥比伦敦贵，与伦敦一样堵，很多人只能住在周边的“村儿”里，去超市也要开车跑一段路才能找到。不过，谁又在乎这些呢？一个800年历史的古老大学，“定存”了几个世纪的老本儿，“利息”也够再吃几百年的。

如今，这个只有十万人的城市，依靠教育产业的推动，实现了“产学研”相结合的强势升级，特别是生物制药等“暴利”行业。剑桥的GDP增长达到了7%，不但远远超过英国平均GDP增速（大约1.5%），甚至高于中国！

不过中国人最熟知的，并不是以上这些，而是康桥。

沿着康河，能看到表面破旧却誉满中国的康桥。可惜除了中国人和摇橹的船工（兼导游），没人知道这个不起眼的桥对中国现代文学史有多重要，也没人知道有个民国时期的才子徐志摩在此留下的情诗美文。

那个崇拜财富、权力，也仰慕才情、风韵的年代，海归是万众瞩目的明星、翘楚，不像今天，不过是个能说几句外语、有异域经历的另类打工仔。

康桥虽然乏善可陈，但剑桥的温婉、恬静，确实符合徐志摩的情趣，他的情思成就了中国文学史上一段略显伤感的缠绵往事。

进哪个英国大学最可能成为亿万富豪?

伦敦政治经济学院是培养出最多亿万富翁的欧洲大学，其经济学系的优势地位享誉世界。说起伦敦政治经济学院，就不能不提到“奥地利经济学派”以及这个学派的代表人物哈耶克。

伦敦大学的又一个重量级学院——伦敦政治经济学院（The London School of Economics and Political Science，简称LSE）是培养出最多亿万富翁的欧洲大学，其经济学系的优势地位享誉世界，创造了很多项傲人记录：

全球诺贝尔经济学奖得主最多的大学之一（在全部46个获奖者中独占12人）；

世界上国际学生比例最多的大学之一（70%以上，世界第二名，英国第一名）；

培养出最多亿万富翁的欧洲大学。

实际上，伦敦政治经济学院的优势学科涵盖了经济、法律、政治及其他社科领域，其中经济领域的贡献最大。这要归功于享誉世界的“奥地利经济学派”（Austrian School of Economics）。

这个学派的代表人物、著名经济学家哈耶克1931年至1950年曾在伦敦政经学院任教。

哈耶克是奥地利裔的英国学者，一生崇尚自由经济，反对国家对经济、社会的各种形式的干预。他在伦敦政治经济学院工作期间，与提倡政府主导、影响经济的剑桥大学凯恩斯学派发生了激烈争论，并形成了伦敦政经学院与剑桥大学之间旷日持久的“对峙”。

20世纪30年代的世界范围内的经济危机，暴露了资本主义运行体制中的诸多弊病，思想界、理论界对自由经济口诛笔伐，凯恩斯主义成为主流经济学说。凯恩斯主义指导下的美国罗斯福新政，挽救了崩溃中的美国经济，使奥地利学派的自由主义论调被打压。

尽管如此，哈耶克仍然坚持自己的观点，并于1944年在英国出版了著名的《通往奴役之路》一书，对集权经济体发展的现状和前景发表了措辞尖锐的批判。4年后，另一个英国人乔治·奥威尔发表了小说《1984》，这几乎是把哈耶克的预言用艺术、戏剧的手法予以再现。

“二战”后，和平时期的经济发展中，政府的干预越来越成为正常经济运行的绊脚石，凯恩斯主义的主导地位受到挑战，奥地利学派的自由主义观点再一次引起了全世界的重视。

1974年，哈耶克获得诺贝尔经济学奖。5年后，英国首相撒切尔夫人执政期间，开始全面推行小政府、私有化等奥地利学派推崇的经济管理模式。与此同时，哈耶克思想的美国版——“里根主义”经济学也应运而生，美国开始从冷战的经济陷阱中恢复元气。

格拉斯哥大学：历史的古铜色

格拉斯哥大学就像一部古老的经典名著，想把这本巨著读完，但草草地翻看些章节，抬起头仰望天空，小憩的当儿，已经过去十几年了。

2003年8月的一天，我终于到达了英国格拉斯哥。拖着120斤重的大行李箱，有些步履蹒跚地往前走，疲劳和困倦让我有点儿像梦游。路人一个又一个地迎上来，用我不大熟悉的、特殊腔调的英语问寒问暖，笑盈盈地指引路线，其中一个老奶奶，竟然一直带着我穿过两个街区，向格拉斯哥大学走去。

慢慢地，我从一种幻觉中“苏醒”过来，应该说是这种久违的热情唤醒了我。这个陌生的城市我很快就熟识起来，而苏格兰人的友好一直受用到十几年后的今天。那个老奶奶忽然停下了脚步，抬手指了指对面。毫不夸张地说，我当时完全惊呆了：一座拔地而起、气势磅礴的钟楼，像童话中闪现的迷离和突兀，古老得像隔了千山万水。

格拉斯哥大学的主校区位于格拉斯哥市西区（West End）的一处叫Gilmore Hill的小山包上，主楼的砖石黝黑、潮湿，岁月的风霜已使她饱经沧桑。高耸的钟楼在整点传出的钟声随风飘向远方，飘向市中心的格拉斯哥大教堂（Glasgow Cathedral），那是格拉斯哥大学诞生的地方。

1451年6月20日，位于高街（High Street）的格拉斯哥大教堂的神职人员当街宣读教皇尼古拉斯五世1451年1月7日的诏书（the Papal Bull），应苏格兰国王詹姆士二世的要求，在格拉斯哥建立一所永久性的大学。这是继圣安德鲁斯大学之后，苏格兰建立的第二所大学，设立神学、教会法、民法、文科等专业。

大学的运营资金来源于教会，学生不用交纳学费，贫寒家庭的子弟享受大学为他们提供的奖学金和膳宿，因此苏格兰大学被称作“穷人的学院”。[①]

早年的苏格兰大学实行的是导师制（regenting），老师什么都教，不限定在单一学科上，包括中世纪的苏格兰大学里所教授的文法、辩论、修辞、音乐、算术、几何、天文，这就是所谓“七艺”[②]。

格拉斯哥大学建立伊始，那时的校长被称作Rector，负责

---

① 《苏格兰大学发展研究》 张薇 著 内蒙古出版社 第60页

② 《苏格兰大学发展研究》 张薇 著 内蒙古出版社 第112页

学校的实际运营。虽然受制于教会，但Rector的产生却遵循民主选举的原则。当时以教师和学生的出生地划分成4个类似于“兄弟会”“同乡会”的组织（nation），每个组织中的代言人参与选举Rector。

17世纪末到18世纪前期，宗教改革激化了新教与罗马天主教之间的矛盾，宗教斗争打乱了正常的大学秩序和资金渠道，导致格拉斯哥大学以及其他苏格兰大学的凋敝，学生人数锐减，常年维持在150人以下。为了维持局面，格拉斯哥大学甚至招收年龄很小的学生，其中亚当·斯密入学时只有14岁。

这一切不景气局面的分水岭是18世纪的“苏格兰启蒙运动”。当时，人们的思想得到了空前解放，长期遭受神权打压的人权被提升到了历史的新高度。与此同时，格拉斯哥大学在苏格兰的全民英语普及中，做出了特殊贡献。

实际上，英语对于苏格兰人来说，是外来语。苏格兰人最早的语言是盖尔语（Gaelic），直到现在，他们说话时都会或多或少带一些盖尔语的方言，比如Aye（相当于英语中的Yes）。苏格兰国王早在11世纪就宣布以英语作为官方语言，教会也同政府联合起来，用英语推行教义、举行宗教活动。这相当于“自上而下”的文化改革。

1707年5月1日，苏格兰王国与英格兰王国媾和，签订了《联合法案》，成立大不列颠王国（The Kingdom of Great Britain）。

1728年，亚当·斯密的老师、“苏格兰启蒙运动之父”——弗兰西斯·哈奇森（Francis Hutcheson）教授[①]，摒弃了使用拉丁文教学的传统，率先在格拉斯哥大学采用英语授课，并得到了其他大学的纷纷响应和效仿。

苏格兰的知识界还成立了“提高苏格兰的英语阅读和口语协会”，切实纠正“苏格兰腔”，以符合那时英格兰汉诺威王朝的社会和文明规范，格拉斯哥大学的亚当·斯密就是协会中的活跃分子。

进入19世纪，格拉斯哥大学的管理体制逐渐纳入到苏格兰的法治框架内。现行的管理模式是按照苏格兰《1858年大学法案》制定的原则和框架沿袭下来的。

建校初期的Rector的权力也逐步被负责学术的Principal所取代，直到今天，在苏格兰的古老大学里，比如圣安德鲁斯大学、格拉斯哥大学、阿伯丁大学、爱丁堡大学以及邓迪大学（曾是圣安德鲁斯大学的一部分）等，校长的头衔往往是Principal and Vice Chancellor。

不过，直到今天，苏格兰的古老大学仍然保留Rector的职位，其中格拉斯哥大学的Rector拥有如下职责：

---

① 教法的改革淘汰了古老而陈旧的导师制度（regenting），1727年被教授制度（professorship，每个人讲授某个专门的知识分支）取而代之。

The Rector is not active in University strategy or policy-making. The role is principally as spokesperson and representative for student issues. The Rector's participation in events is entirely voluntary and depends on their own availability and choice.[①]（Rector不参与大学的战略或方针的制定，而主要是学生事务的发言人和代表，其参与学生事务的程度完全出于自愿，并根据个人情况自行决定。）

按照官方的含义，Rector是大学委员会（the University Court）主席，任期3年，由格拉斯哥大学学生投票选举产生，反映学生的呼声和诉求，类似“学生工会主席”。

根据校史的记录，格拉斯哥大学的Rector（即大学委员会主席），逐渐被名人所占据，其象征意义多于实际功能。

2014年2月，新华社等国内媒体发出消息称“斯诺登被选举为格拉斯哥大学校长”！一时间国内也很震动，学生圈和教育圈里也频频转发，不太善于自我宣传的老校，如今被推到了很多媒体的头条。实际上，国内媒体的翻译是不准确的，斯诺登当选的是Rector，不是校长。阴差阳错、以讹传讹，倒让格拉斯哥大学世界闻名，这是否可以算作无心插柳的成功营销案例呢？

---

① 资料来源：http：//www.gla.ac.uk/about/facts/whoswho/

1870年以后，格拉斯哥大学从市中心搬到了西区（West End），学校规模不断扩大，逐渐成为以四大学院（人文学院、理工学院、医学与生命科学学院、社会学学院）为基础的全学科综合大学，并成为世界级名校，至今已涌现出了7位诺贝尔奖的获得者。在格拉斯哥大学，你可以看到“名垂校门”。

沿着主楼侧面的James Watt楼，来到了大学正面的Memorial Gate（纪念门）。这座铸铁的黑漆栅栏门，1952年建成，纪念格拉斯哥大学成立500年（1451—1951年），上面一共有30位著名校友的姓氏，其中有两个是中国人耳熟能详的：Smith和Watt，即Adam Smith（亚当·斯密）和James Watt（詹姆斯·瓦特）。

谁能想象，《国富论》的作者以及蒸汽机的改良者竟然是我的校友？格拉斯哥大学就像一部古老的经典名著。想把这本巨著读完，但草草地翻看些章节，抬起头仰望天空，小憩的当儿，已经过去十几年了。

名人校友的号召力和影响力几乎与大学的品牌知名度同等重要，特别是对人类经济社会影响深远的亚当·斯密，也被当作神来对待。格拉斯哥大学主楼楼梯的拐角处，矗立着亚当·斯密的全身汉白玉雕像。不知道从什么时候开始，经过这里的人总要去摸摸他的脚，可能是摸得太多，如今已经光亮无比。

不知道是否为了通过考试而搞的拜神仪式，仿佛在梵蒂冈的圣彼得大教堂里摸圣徒彼得的脚，祈福，膜拜，异曲同工。

2012年6月，格拉斯哥大学商学院被正式命名为亚当·斯密商学院（Adam Smith Business School）。

1737年，亚当·斯密进入格拉斯哥大学时，还是个14岁的少年，喜欢自言自语，动不动就向别人傻笑。与此同时，“苏格兰思想启蒙运动”正在如火如荼地进行。而这场思想解放运动的领袖——弗兰西斯·哈奇森，正是斯密的任课教师。

1751年，28岁的亚当·斯密成为格拉斯哥大学逻辑学教授。不久，他在格拉斯哥大学取代了自己的导师哈奇森曾经的位置，成为道德哲学的终身教席。随着《道德情操论》的出版，亚当·斯密在伦理学领域的影响力与日俱增，吸引了英国及欧洲其他国家学生的注意，很多富家子弟从欧洲各地赶到格拉斯哥，听亚当·斯密上课。

此后，亚当·斯密的研究重点从社会学转向了法学、经济学领域，并于1776年出版了他的旷世巨著《国富论》。

1787年，亚当·斯密还被格拉斯哥大学的学生推选为Rector，其实与两百多年后斯诺登担当的职务一模一样。

寻访传说中的哈罗公学

我在诺森比亚大学的英国同事曾对我说，“虽然我不会汉语，但我能感觉到，你们中国领导人的口音是多种多样的。而你听一听英国历届首相的演讲，你会发现，他们的口音都一样。为什么？因为他们都是英国贵族学校出来的。”

在伦敦短暂停留的一两天里，我见到了即将“永居”英国的国内媒体人、好友A君。很有灵犀的是，他知道我经常写有关英国教育的文章，所以特意陪我到“哈罗”走走。

从伦敦Kings Cross火车站坐地铁到Harrow-on-the-Hill（直译为“山上的哈罗”）车站，A热情地陪我上“山”了。山坡被绿油油的草覆盖，四周望去，一片空旷，即使向伦敦市区方向眺望，地平线上的凸起也不多——没有太多的高楼大厦。地处伦敦五区，A说这里的房子其实比三区还贵——学区房啊！

民主的代价就是战国时期著名哲学家杨朱所说的“一毛不拔”（“人人不损一毫”的利己主义社会）！盖新房子可以，

但要征得“宅基地”周边所有住户的同意，一旦未来的邻居指出，你的房子可能会挡住射进我家的阳光，完了，这房子别想盖了。而现有的房子，只要房主不同意，按法律规定，谁也不能拆。这可不是在国内，开发商、地方政府找几个人就能摆平的。

小山上是圣玛丽教堂（The Parish & Borough Church of St Mary）和墓地。A君指着其中一个被铁栅栏圈起来的地方说，英国大诗人拜伦的那首《在哈罗墓园的榆树下》（Lines Written beneath an Elm in the Churchyard of Harrow）的灵感就来源于这里。

1801年至1805年，拜伦曾在哈罗公学（Harrow School）学习，而且他的诗歌创作也是起步于哈罗。

A还告诉我，山脚下的一大片绿地就是哈罗公学的运动场，比隔壁的一所公立中学大出不少。礼仪与运动是这个英国著名寄宿中学保留的传统。即使像拜伦这样运动技能欠缺的学生，当年还曾代表哈罗公学出战与伊顿公学（Eton）的板球比赛。“哈罗公学”的翻译，还是秉承了英文中public school的字面意，其实反而是曲解了这个特定术语的含义。

在英国，被称为public school的学校，恰恰是私学，public在这里是指面向全国招生，而真正的公立学校是state school。哈罗山上山下散布着哈罗公学的教学楼、宿舍楼，与周边的城镇混为一体。难以想象的是，这所学校成立于1572年，相当于中国明代万历年间。直到现在，哈罗公学仍然只招收男生。其中大牌校友，除了拜伦外，就数英国历史上著名首相丘吉尔了。

我在诺森比亚大学的英国同事曾对我说，“虽然我不会汉语，但我能感觉到，你们中国领导人的口音是多种多样的。而你听一听英国历届首相的演讲，你会发现，他们的口音都一样。为什么？因为他们都是英国贵族学校出来的。”

是不是冯小刚喜剧《大腕》中的那句台词所说的“地道的伦敦腔儿”呢？应该是，那种有些拿腔拿调的英语。撒切尔夫人、布莱尔、卡梅伦、特蕾莎·梅……还都是先私校、再“牛剑”的“高层路线”。

A说自己的女儿就读于哈罗公学附近的一所公立学校。他不无遗憾地说，中国学生还是由于性格上的原因，不大善于交流，本来女儿笔试已经通过，但面试没有发挥出更高水平，结果没能去私校。

“我花了不少钱给她请家教，都是牛津、剑桥的博士，参加的考试相当于国内的中考。这里的好中学（大体相当于国内的高中）绝大多数都是私校，公立学校能排进前二十的也就一所，连哈罗这样的大牌子，其实在英国也就是个中游，竞争太激烈了。”

A的话让我有些不寒而栗。按他的说法，英国教育的社会阶层属性也早已固化了。挤进私校的目的，就是为了日后上牛津、剑桥做准备。而牛津、剑桥留给伊顿公学等知名私校的录取名额，远远高出其他中学，公立中学几乎就够不着边！

在山脚下，有一个距离伦敦10英里的原点标志。不知道这是否意味着从哈罗毕业，就可以通向英国权力、财富、地位的中心？哈罗小镇的深处，星星点点的咖啡馆、酒吧，仍然洋溢着都市乡村的悠闲自得。

在酒吧里，我和A一边碰杯，一边聊起BBC历经数十年追踪采访、拍摄的一部纪录片，反映不同社会阶层的人，从出生到成年的发展轨迹。片子表现的现实情形，没有超出人们的预期，富裕家庭出身的孩子，一般还是在社会上层；而普通家庭的孩子，充其量也就是个中产阶层。

异曲同工的是，法国经济学家托马斯·皮凯蒂在他的著作《21世纪资本论》中，阐述的核心思想是，资本集中于高社会等级的人群，而他们的后代——富二代、官二代，将继续保有资本的优势地位。

哈罗的晚风有些凉，即使是春天，也是如此。

与A道别，返回Kings Cross的一路上，漆黑的夜、昏黄的路灯、行人寥寥的换乘出口、空荡荡的地铁车厢。我有些累，默默地坐在那里，眼前偶尔闪过路人冷冷的目光，让我下意识地摸了摸自己的钱包……

纽卡斯尔为什么字面意是“新城堡”？

英国纽卡斯尔有什么来历？为什么叫它“新城堡”呢？

122年，罗马帝国的哈德良皇帝（Emperor Hadrian），久久伫立于今天纽卡斯尔的泰恩河畔，视察他的不列颠行省。罗马帝国称雄时，大不列颠岛的英格兰和威尔士作为行省，被称作不列颠尼亚（Britannia）。不列颠尼亚以北地区被称为加勒多尼亚（Caledonia），也就是今天的苏格兰，相对独立，不在罗马帝国控制范围内。

凝望着广袤辽阔的帝国北部边陲，哈德良皇帝阴沉的面容仿佛不列颠的天空，乌云翻滚。这沉思与距此时330年前，中国千古一帝秦始皇驻足北望是那样交相辉映、异曲同工。同样面对着无险可守的边境，两个不同时代、不同地域、不同文化传承的皇帝，却有着相同的隐忧，他们都忌惮北方民族洪水般冲决而下。

不约而同地，两个神武之君都想到了用于防御的城墙。哈德良皇帝命令罗马军团开始修建城墙，仿佛秦始皇将战国时期抵御匈奴的秦长城、赵长城、燕长城连接起来一样，6年后，就有了横亘今天英国东北部的“哈德良长城”。

不过，从外观上看，相比中国雄奇险峻、巍峨绵长的万里长城，窄小低矮的“哈德良长城”，更像是大号的“乐高”积木。

在哈德良皇帝视察不列颠行省的时候，罗马人在泰恩河上建起了第一座桥，取名为埃利乌斯桥（Pons Aelius）。埃利乌斯（Aelius）正是哈德良皇帝家族的姓氏，而这座桥的地点就是今天纽卡斯尔城市的原点。今天的纽卡斯尔，就坐落于当时不列颠尼亚的东北部边境上，是“哈德良长城”的东端要塞，这里从此有了罗马城堡。

1066年，上演“诺曼征服”的英格兰国王威廉一世，于1080年派遣他的大儿子Robert Curthose抵御北部的苏格兰人。Robert Curthose来到当年罗马帝国哈德良视察北部边境、主持修建“长城”的地方，动工兴建了一座新的城堡，由木质尖顶的主楼和土质外墙构成。New Castle——“新城堡”，当然是相对于罗马人建的城堡而言，而那一时刻距今也有将近1000年了。

1095年，威廉二世国王镇压了诺森比亚伯爵Robert de Mowbray，并从他手中夺回了纽卡斯尔，从此“新城堡”为王室所有，纽卡成为英王控制北方贵族的“根据地”。

不过，今天我们看到纽卡的城堡，已经历了几个世纪的翻建，被长方形的砖石结构所取代，还添加了城堡的通道入口，成为“黑门”（Black Gate）。

“煤都”的变迁

2013年4月，全世界都在为英国前首相撒切尔夫人的去世而哀悼，纽卡斯尔美丽的泰恩河畔，尽管人们正在安享一个城市成功转型的福祉，但倔强的“英国东北人”仍然不依不饶，他们中的相当一部分为“铁娘子”的“驾崩”而欢呼雀跃，仿佛要把30年前的老账一并清算……只有泰恩河还是那样平缓而沉静，她是否在咀嚼这段“煤都”变迁的历史呢？

北京灰色天空的掩映下，只有建筑物的轮廓，被污染编织的幔帐，遮蔽得若隐若现。

“很多年前，伦敦就是这样，到处都是灰蒙蒙的，很像狄更斯的小说，Oliver Twist（《雾都孤儿》）。”我的英国同事M描述工业革命时期的英国，特别是重工业城市伦敦、曼彻斯特、谢菲尔德、纽卡斯尔，大体就是今天北京这个样子。

确实如此，即使在大工业时代后期，英国被污染得仍然非常严重。1952年12月，连续无风的几天内，伦敦工业和民用燃煤排出的有毒气体像乌云一样笼罩在城市上空，严重的雾霾遮天蔽日，白天都要开车灯和路灯，许多人出现呼吸困难等不适感，发病率和死亡率急剧增加，造成5000多人丧生。此次“伦敦烟雾事件”，成为20世纪十大环境公害事件之一。

“要是北京能像纽卡斯尔就好了。”我有些怅惘地随口说了一句。

M转了转眼睛，补充道：“你指的一定是现在的纽卡斯尔，不过120年前，纽卡肯定比现在的北京更糟糕。”

M丝毫不避讳工业时代给英国带来的负面影响。不过他还谈到了英国政府颁布的《清洁空气法案》等一系列空气污染防控法条。经过40多年的“亡羊补牢”，伦敦终于摘掉了“雾都”的帽子。

在自夸了一阵后，英国人一般会用“回拽”的方式让自己保持客观、公正，不至于太出风头。“You’ve got your own way to sort out the problems of pollution. You know China well. I won’t take coal to Newcastle.”（中国人有自己的办法解决污染问题，毕竟是自己的国家，我就不多此一举了。）

M俏皮的俚语，又引出了一段英国城市的变迁。

早年间，煤炭是驱动城市和工业发展的主要能源，而纽卡斯尔偏巧又是当时英国最大的煤炭港口，不仅产煤，而且承担纽卡与外界煤炭运输的重任。据说，16世纪时，英国王室颁布法令，只允许纽卡当地的一个垄断企业经营泰恩河畔至纽卡斯尔海港的煤炭运输，“把煤运到纽卡斯尔”（take coal to Newcastle）自然是费力不讨好的事。

煤矿是纽卡的生命线。煤炭的热能驱动蒸汽机、带动纺织机、牵引火车，上下游的产业都活跃起来了。曾几何时，密密麻麻的烟囱，一起喷吐着黑色浓烟，被当作工业文明的美好图景！

18世纪末，一个在煤矿工作的叫乔治·史蒂芬森（George Stephenson）的青年，一边拼死拼活地为了每天12便士的工钱而辛苦劳动，一边省吃俭用、抽出业余时间去夜校读书。卑微、贫困的矿工子弟，到了18岁已经不再像自己的同伴那样还是文盲，还是浑浑噩噩地混日子，史蒂芬森把心思都投入到与煤炭有关的发明创造之中。

他发明了不会引起矿井瓦斯爆炸的安全汽灯，但没有像发明家Humphry Davy那样及时申报专利，再加上他的“英国东北口音”（Geordie accent）和矿工背景，被皇家科学院的“伦敦腔”们所不屑，甚至被认定是剽窃。他背了一辈子的骂名。

不过，意志坚强的史蒂芬森并没有放弃他的发明之路，他对人类最大的贡献是第一次用煤的热能驱动机车车头，也就是我们后来耳熟能详的蒸汽火车。除了在斯托克顿（Stockton）和达灵顿（Darlington）之间铺设运煤铁路外，他还主持修建了世界上第一条客运铁路，即利物浦和曼彻斯特之间的线路。

直到今天，国际上仍然沿用史蒂芬森设计的标准铁轨

（standard gauge）制式，即1435 毫米（等于英制的4尺8.5寸）的标准轨距。

工业革命推动纽卡斯尔煤炭产业经历了一百多年的发展，终于在20世纪30年代的“大萧条”后进入低潮期。“二战”后，当地很多煤矿开始关闭。但以煤炭为核心产业的纽卡斯尔，仍然经历着政治、经济、社会心理等诸多方面的巨大惯性，而纽卡斯尔人的生活也被煤炭裹挟着走向衰败和没落。

直到20世纪80年代，铁腕著称的撒切尔政府，开始大规模强行关停纽卡斯尔的煤矿，特别是其中的国有企业。那些日子，这个被燃烧不充分的炭灰附着的黑色的城市，到处汹涌着抗议示威的声浪，到处聚集着因产业转型而丢掉工作的人群。城市的变迁不都是媒体所吹嘘的什么“激情澎湃”“波澜壮阔”，而更多是痛苦与挣扎、愤怒与抗争。

2013年4月，全世界都在为英国前首相撒切尔夫人的去世而哀悼，纽卡斯尔美丽的泰恩河畔，尽管人们正在安享一个城市成功转型的福祉，但倔强、矫情的“英国东北人”仍然不依不饶，他们中的相当一部分为“铁娘子”的“驾崩”而欢呼雀跃，仿佛要把30年前的老账一并清算……

只有泰恩河还是那样平缓而沉静，她是否在咀嚼这段“煤都”变迁的历史呢？

泰恩河畔的龙旗

1896年，中国官方第一次正式访问英国，李鸿章拜访了伦敦、格拉斯哥、纽卡斯尔，距离马嘎尔尼率团访华已经过去了100年，而距离中英第一次鸦片战争，也有半个世纪的光景了。这100年间，中英从相互接触、了解，到相互对抗、冲突，再到相互开放、沟通。当时强大的英国把孱弱的中国强行拖进了世界近代化、国际化的进程，回溯到19世纪末纽卡斯尔的埃尔斯维克，我们似乎还能感受到那段进程中沉重的步点。

也不知道这世界上有多少个叫纽卡斯尔的地方？澳大利亚有，美国有，加拿大有，而这些散布在世界各地的“纽卡”都有一个共同的源头——英国泰恩河上的纽卡斯尔（Newcastle upon Tyne, England）。

一条英国东北部自西向东的河流，横贯纽卡斯尔，从英国东海岸的泰恩河口（Tyne Mouth，也有翻译成“泰恩茅斯”的，就像朴次茅斯、普利茅斯一样）流入北海。不知道有多少商船、军舰从这里下海，通过北海驶入大西洋或地中海，通向全球各个角落，而纽卡斯尔的名字也随着工业文明的汽笛，落户到北美、澳洲、南非。沿着泰恩河，有一个埃尔斯维克（Elswick）的地方，这里是19世纪世界船业中心之一。

1847年，当时的英国军火巨头阿姆斯特朗公司（Armstrong Whitworth & Co.，Ltd.）兼并了米歇尔（Michel）造船公司。泰恩河畔绵延2英里的巨大船厂厂区，为英国皇家海军、沙俄海军、大清北洋海军、日本联合舰队、美国海军等制造大型军舰，从造船到武器配备一次完成，特别是装备了当时世界上性能先进的阿姆斯特朗式线膛舰载火炮（英法联军曾在第二次鸦片战争中，用这种火炮摧毁了清政府的天津大沽炮台），使纽卡斯尔成为世界级军工港口。

19世纪，英国的船业规模占世界总量的70%，朴次茅斯、格拉斯哥、贝尔法斯特、纽卡斯尔等城市掌握着世界造船的命脉。埃尔斯维克也数次升起过大清的黄龙旗。从1881年至1887年，北洋水师的"超勇号""扬威号""致远号""靖远号"四艘铁甲舰都是从这里下水，驶向泰恩河口，从北海返航国内。1896年8月20日，埃尔斯维克再次遍插龙旗，迎接清政府的贵宾——李鸿章。

从伦敦、格拉斯哥，再到纽卡斯尔，英国政府为李鸿章提供专列，按照总理级待遇迎接。李鸿章身着御赐黄马褂，佩戴着大英帝国维多利亚女王授予的"皇家骑士大十字勋章"

（Knight Grand Cross of the Royal Victorian Order），甚至英国媒体还把李鸿章与英国首相格兰斯顿、德国首相俾斯麦并称当时世界三大首相。不过，此时李鸿章的实际职务有些尴尬。除了受清廷委托，担当参加沙俄末代皇帝尼古拉斯二世的加冕礼的专使（顺访英国）外，曾经权倾朝野的李中堂此时只剩下“内阁大学士”的虚衔了。

1895年，作为清政府全权代表与日本签署《马关条约》后，李鸿章背负了上至皇帝、太后，下至黎民百姓的唾骂，“丧权辱国”的罪责一直延续到120年后的今天。李中堂被剥夺了直隶总督、北洋大臣等实权职务，赋闲在家也有1年多了。

当然，西方并不了解中国的政体。即便是直隶总督的头衔，也不过是封疆大吏的地方高官而已，自雍正皇帝设立“军机处”以后，清朝连明代的内阁都废黜了，皇权一手遮天，万历时期的内阁首辅张居正，到了清朝，估计最多也就和李鸿章差不多。

在清朝，政府中级别最高的，也不过是皇帝的秘书（军机大臣）而已，他们的作用仅局限于传声筒似的上传下达，最多只有建议权。

不过，按照《泰晤士报》记者的描述，这位身高6英尺（1.83米）、器宇轩昂、面容俊朗的李中堂，确实有总理的派头和风度，虽然已经73岁高龄，但仍威风凛凛、谈吐不凡。在纽卡斯尔，李中堂的行程主要是企业参观、考察。86岁的威廉·阿姆斯特朗（William George Armstrong），阿姆斯特朗公司的创始人，亲自迎接来自中国的客人。

原本是律师事务所合伙人的阿姆斯特朗，却酷爱机械、物理，正是他研制发明了阿姆斯特朗式火炮，得到了英军的大量订单，不但就此发迹，而且还曾为英国政府的军事主管部门工作，他建立的军火公司在英国名声大噪，而且很快成为世界级的大企业。

李鸿章对这个泰恩河边的巨型公司赞不绝口，或许是惺惺相惜的缘故，李中堂也算是中国洋务运动时期的著名官商盛宣怀、张謇的幕后国有董事长了，江南制造局、轮船招商局、开平矿务局等等，都是李鸿章改革自新的成果。

两位在政界、军界、商界都很有影响的伟大人物，可谓风云际会，只可惜他们的时代境遇完全不同。

土生土长的纽卡斯尔人阿姆斯特朗，亲历了英国历史上最为辉煌灿烂的维多利亚时期，功成名就，他还邀请李鸿章到自己的城堡Cragside做客，豪情满怀；而一代儒生李鸿章，目睹了大清帝国内忧外患、江河日下的惨状，力主西学，以一人之力，托举起整个帝国的外交、经济、军事，无奈仍是孤木难支。

阿姆斯特朗陪同李鸿章参观埃尔斯维克船厂时，日本联合舰队的八岛号战列舰正在建造之中。中日两国的海上军备竞赛，在1888年戛然而止。这一年后，阿姆斯特朗埃尔斯维克船厂很少收到来自中国的订单，而日本方面则倾全国之力，加紧购买阿姆斯特朗更先进的舰船，终于在甲午海战中击败了中国舰队，并在第二年，1895年，消灭了躲避在威海卫的北洋海军。

威廉·阿姆斯特朗自然不想让李鸿章难堪，他轻描淡写地介绍了战舰的建造情况，准备把话题尽快岔开。

难以名状的伤感曾在几天前侵扰过李中堂的心绪，这位北洋海军的缔造者，目睹了朴次茅斯港英国皇家海军的烈烈雄风，自然会联想到一年前全军覆没的北洋舰队——这仿佛是李鸿章一个人的战争，却不仅仅是他一个人的失败。这是一个制度的失败，一个民族的失败！

阿姆斯特朗是对的，日本给这位宦海沉浮五十载的中国老人太多的耻辱与伤痛。在《马关条约》后，李鸿章声称再不会踏上日本领土。也就是在这次环球巡游结束时，需要在日本横滨换船。李鸿章的坐船靠岸后，他坚决不下船，最后随从搭起踏板，艰难地将李鸿章扶上了新船。

龙旗飘摆的泰恩河畔，李鸿章边走边通过李经方（翻译）与身边的阿姆斯特朗交谈着，他捋着花白的胡须，边谈边若有所思地望着缓缓流动的河水，思绪也仿佛流向泰恩河口，流向几十千米外的北海……

足球的“洪荒之力”

英国格林尼治时间2015年4月25日下午2点30分，纽卡斯尔的圣詹姆斯公园球场（St James’ Park），距离2014—2015赛季英超联赛第34轮，纽卡斯尔联队主场对阵斯旺西的比赛还有半个小时。

球场附近的酒吧已经被没有买到球票的观赛者挤得水泄不通，人声鼎沸的吧台旁，忙碌了一周的人们聚在一起，旁若无人地大笑、大叫，此时的英国人——不分年龄、不分性别、不分社会阶层——一个个都仿佛回到了遥远的童真年代。

啤酒和薯条、涨红的面庞和忽闪的明眸、黑白条纹的球衣和黑白纹理的刺青，虽然没有上场，甚至没能现场看球，但已经是摩拳擦掌、跃跃欲试了。他们盯着悬在半空的大屏幕，咀嚼着比赛前紧张、兴奋的味道。

另一道“风景”是群情激愤的球迷站在球场入口处，挥舞着拳头大声喊叫：Ashley，out！（Ashley，下课！）Ashley是纽卡斯尔联队的俱乐部总经理，他上任后，球队的成绩每况愈下，已经六连败的纽卡斯尔联队，距离降级区越来越近了，要知道，还有五轮比赛，整个赛季就要结束了，留给他们的回旋余地越来越小了。

我算是幸运的，提前一周在网上订的票，32英镑（按当时的汇率大概300元人民币），位次也还好，足球在英国不是贵族运动，但也有包厢的贵宾价位，总体而言，比起温布尔登网球公开赛来说还是便宜多了。拿着票，随着汹涌的人流，我漂进了纽卡斯尔联队的主场——圣詹姆斯公园球场。这里是纯粹的足球场，而不是带跑道的体育场。从空间上说，可容纳5.2万人看球，是英国东北部最大的球场。

站在观众席的最高层（最后一排），可以眺望远处泰恩河口的北海。海鸥时常光顾这里，它们或绕场盘旋，或落在巨大的电子记分牌上歇脚。2014年以前，这里曾是英超场地中唯一没有记分牌的球场，可能是纽卡当地风大，担心有安全隐患。

最吸引人的还是球场的草皮，光洁、平整，致密得像一块巨大的绿色绒毯。想想国内的场地，虽然表面建筑一个比一个壮观，而草皮好的，全国找不出几块，还有相当一部分中超球队的场地属于“菜地”级别。球星的引进可以动辄上亿，而球场的维护却无人问津。

球童已经在场地中列队了，灿烂的笑脸充满期待，期待着他们的球星尽快登场。身边散步的鸽子却闲庭信步，丝毫没有被喧闹的环境所影响。

球迷越聚越多，我座位旁的空间慢慢被填充得满满当当。纽卡斯尔这座小城不过有二三十万人口，而每当主场比赛日，这个球场几乎座无虚席，似乎一下子就能汇聚全城五分之一的人。场内秩序井然，大家一起唱歌，一起聊天，一起照相，一起大笑，足球凝聚了这座城市的人心，大家到这里轻松畅快地过周末。让我吃惊的是，在这里，足球绝不是年轻人的专利，中老年球迷的比重非常高。坐在我旁边的很多是一家人，男女老少，结伴而来。

听我的英国同事G介绍，对足球的热衷是他们家族传统。她的父亲是纽卡斯尔联队的“死忠”，他也要求G把她的热爱从桑德兰队转到纽卡。对球队的忠诚像传家宝似的一代一代延伸下去，已经成为生命的一部分。

要知道，同属一个郡的纽卡斯尔和桑德兰，经常上演“英国东北德比”，是地地道道的“死敌”。空间距离越近越是敌人，战国时期秦国的谋士范雎提出的“远交近攻”的策略，在足球界至少印证了“近攻”的现实存在：利物浦与埃弗顿（利物浦德比）、曼联与曼城（曼彻斯特德比）、伯明翰与阿斯顿维拉（伯明翰德比）、阿森纳与热刺（北伦敦德比），相互之间针锋相对、“你死我活”。

快3点了，对阵双方的球员从更衣室出来，每人牵手一名球童，列队进入场地。记分牌的大屏幕上，显示着每个球员的半身照、号码和姓名，主队的球员自然受到异常热烈的欢迎。主裁判哨声一响，我的“现场版”英超开始了！

英超的场地离观众席很近，再加上人高马大的球员，偌大的球场还真有些“拥挤”。开场后，主队气势如虹，屡屡在中前场断球，形成了禁区前沿的配合、射门。英超的传统是攻防转化速度快，球员奔跑能力强，对抗尤其激烈，而裁判的哨子又比较松，比赛很少间断，让人有些喘不过气来，好像在观看持续冲锋的战争影片一样，不一会儿就觉得心跳加快，呼吸的节奏都仿佛与场上队员同步。

纽卡斯尔联队前场轻巧的过人，在禁区内形成空当儿，机警的传递制造了杀机，球进了！此时几乎整个球场的主队球迷——也包括我——都跳了起来，张开的双臂仿佛绽放的花朵，密密麻麻地怒放开来。

很好的局势，换来了主场球迷更投入的关注，大家目不转睛地沉浸在比赛之中，很少交谈，却会发出步调一致的喝彩声、叹息声和嘘声。可惜中场结束前，斯旺西任意球破门，让纽卡的球迷有些郁闷地进入了中场休息。

休息区的售货点人头攒动，啤酒、软饮、咖啡、薯条、香肠成了大家放松心情的添加剂。三五成群的闲聊自然少不了，看得出来，纽卡的球迷还是对中场前的失球耿耿于怀，表情有些不自在，毕竟连输了6场，几乎没有退路可言。

这预感偏偏成为现实。下半场开始不久，斯旺西连进两球。身边的看台上，不少人起身大骂，我邻座的胖胖的阿姨一个劲地喊Come on，boys！（加油啊，小伙子们！）还有些球迷涨红了脸，干脆直接退场了。圣詹姆斯公园球场安静了很多，空气也渐渐凝固。主场球迷焦虑的眼神，是否在寻找阿兰·希勒的身影呢？

英国的城市总是与英超球队紧紧联系在一起。提起纽卡斯尔，人们总会想到纽卡斯尔联队以及阿兰·希勒。1996年，希勒以1500万英镑的身价来到纽卡斯尔联队，创造了当时转会费的世界纪录。这个出生在纽卡的“英国东北人”（Geordie），在转会的第一个赛季，1996—1997赛季的英超比赛中，出场31次，攻入25球，纽卡斯尔联队也获得了联赛亚军，一跃成为英超强队。

希勒是天才射手，他在纽卡效力的10年间，联赛打入206球，职业生涯的英超进球总数达到260个，这个高度至今无人企及。他还创造了单赛季31个进球（共38场比赛）的英超纪录。

可惜，2006年希勒退役后，纽卡斯尔联队便一蹶不振了。2014—2015赛季这场英超比赛输给斯旺西后，球队七连败，不过最后竟然奇迹般保级，而且因为排名力压桑德兰，纽卡的球迷还多少找回了些面子。在经历了2015—2016赛季降级厄运后，纽卡斯尔联队于2017—2018赛季重返英超！

还好，球迷并没有离去。圣詹姆斯公园球场即使在英冠（英格兰第二级别联赛，相当于国内的中甲）比赛时期，仍然高朋满座，有“东北人”性格的纽卡斯尔联队，还是城市的骄傲和荣光，还是生活的谈资和风景，还是周末的喧嚣和呐喊。

英国大学的“同城德比”

一个城市的文化气息当然离不开教育的滋养。

英格兰在11世纪和13世纪先后建立了牛津大学和剑桥大学，这是英语世界最古老的两所高等学府。

工业革命的高潮时期，伦敦、曼彻斯特、伯明翰、利物浦、谢菲尔德、布里斯托、利兹、纽卡斯尔等重要的工业中心，市场对高层次技术人才的需求，推动了当地应用技术学院（Polytechnics，很像中国的专科或高职）和专业学院的蓬勃发展。

以纽卡斯尔市为例，1834年当地建立了医学与外科学院（School of Medicine and Surgery），1871年军火巨头兼工程师威廉·阿姆斯特朗（William Armstrong）推动建立了物理学院（College of Physical Science），也就是后来的阿姆斯特朗学院（Armstrong College）。医学、物理等专业隶属于同样在英国东北部的杜伦大学，也就是说，纽卡斯尔的第一所大学实际上是杜伦的纽卡分校。又经历了多年的重组，纽卡斯尔大学（University of Newcastle upon Tyne）在1963年正式挂牌。

几乎与此同时，19世纪末期，另外3个学院（Rutherford College of Technology，College of Art & Industrial Design和Municipal College of Commerce）先后成立，技术类、艺术与工业设计类、商业类的专业也开始慢慢成为纽卡斯尔的教育方向。而这些学院是纽卡另一所大学诺森比亚大学的前身。

值得注意的是，我们今天津津乐道的英国“红砖大学”（Red Brick Universities），虽然都把建校时间追溯到19世纪，但实际上，当时大都是学院（Polytechnics）的建制，还远远称不上大学。尽管如此，“红砖大学”——特别是初创时的各类学院，却有着划时代的意义。

英国高等教育第一次进入了civic universities的时代！这种世俗化的、走向普通人的大学，不再需要以宗教背景作为入学标准，不再需要以神学作为主修课程，“走下神坛”的高等学府，提供更符合社会经济发展、个人职业发展要求的课程，特别是符合工业革命时期市场需要的工程学的知识和技能。

煤炭业、造船业的迅速发展，加速了纽卡斯尔市的工业化；19世纪成立的学院，加速了纽卡的“世俗化”。

非常有趣的是，纽卡斯尔两个大学的专业布局互补。从医学、物理等基础学科发展起来的纽卡斯尔大学（纽大），沿袭的是杜伦大学的学术传统，后来跻身罗素集团（Russell

Group），成为英国乃至世界的名校。从工业、工业设计、商业等新兴学科衍生的诺森比亚大学（诺大），坚持的是应用科学、实用主义路线，成为1992年以后成立的英国新型大学的代表。

相对于古老大学，纽卡斯尔大学是新兴大学，颠覆了“宗教为纲”的传统办学思想；相对于“红砖大学”，诺森比亚大学是新兴大学，推进了市场化的学科发展。

不过，同在纽卡的两个兄弟院校，也像英超一样，经常上演“同城德比”。

诺森比亚大学的商学院被有意无意地命名为“纽卡斯尔商学院”，源自19世纪末建立的Municipal College of Commerce的传统，不过经常被当作纽卡斯尔大学的商学院。这里安装了价格昂贵的Bloomberg Suite，让商科学生——特别是金融、会计专业的学生——用时时传输的真实数据，模拟操作股票、期货等金融产品的买卖，并有专家现场指导。即便如此，纽卡斯尔大学的实用型专业的吸引力也越来越大，仅商学院而言，每年都会吸纳大量中国学生。

不过，诺森比亚大学在设计领域的传统优势很富于现代感。手握5000项专利的苹果公司首席设计官乔纳森·艾维（Jonathan Ive）从诺大工业设计系毕业后，诺森比亚大学在国际上的专业影响力大大提升，艾维回诺大客座讲学时，纽卡斯尔大学的很多学生也慕名而来，把2007年建成的造型像人右脑

（形象思维的代表）的设计学院挤得水泄不通。

要比校友的名气，纽卡斯尔大学底气很足，Mr Bean的扮演者、英国著名喜剧演员罗文·阿特金森（Rowan Atkinson）在这里得到了工程学学士学位，又以优异的成绩进入牛津大学攻读硕士学位。这一传统和特色也带动了中国学生的文艺积极性，每年“东北五校”（杜伦大学、纽卡斯尔大学、诺森比亚大学、桑德兰大学、提赛德大学）联合“春晚”上，纽卡斯尔大学学生的节目水准很高。

纽卡斯尔大学底蕴丰厚的医学院让诺森比亚大学“羡慕妒忌恨”。在英国，医学是高校科研水准的风向标之一，没有医学院的诺森比亚大学在排名上或多或少还是受到了影响，不过这是英国整体教育布局的结果，因为1992年后成立的新型大学基本如此。

尽管如此，诺森比亚大学在2008年后大量引进优质的教授资源，加大了科研、学术的投入。在2014年REF英国学术评比中，排名全英第五十名，大大缩小了与罗素集团院校的距离，成为排行榜上攀升最快的英国大学。

纽卡斯尔大学和诺森比亚大学都是富有战斗精神的英国东北Geordie特色，不过相互的融合与沟通，才是真正的主流。

两个位于纽卡市中心、门对门的英国大学，超过55000人的学生总量，可以装满圣詹姆斯公园球场的观众席，为这个城市增添了教育之美，联手呈现出另一种风景。

海归，你算老几

海归没什么了不起，回到国内，一样要面临职场、情场、名利场的挑战，一样要受到理想、冥想、胡思乱想的折磨。不过，留学赋予海归的定力与坚守，会让他们经得起时间的考验而不断成熟。

高考有必要复习一年吗？

中国有高考，英美也有“高考”，形式、内容不同，备考的方法也不同。虽然都不省心，但相比而言，中国式备考更苦逼、更浪费、更多后遗症。

针对高考的准备期，易中天老师曾评论说，用一年的时间备考，非常浪费，使高中阶段实际上变成了两年。我也同意。

国外也有“高考”，英国的A-Level考试、美国的SAT和ACT考试，都是中学升入大学的必要途径。“英国高考”“美国高考”宽松些，一年好几次，似乎有“刷分”的嫌疑。

也可能是物以稀为贵，中国高考一年就一次，举国震动，学校、考生、家长严阵以待，政府出面协调考点周边的交通、安保、医疗、住宿，再下几个红头文件，要求噪音大、扬尘多的工地暂停施工。

备考也能看出中外文化差异。西方“高考”虽然没有国内这么神圣，重视程度是一样的，不过大多是“盘外招儿”。

在英美，很多名校的录取，除了“高考”成绩，还需要面试。英国学生进入A-Level私校（类似国内高中）前，需要参加笔试和面试，有些像国内的中考，其实相当于“英国高考”的预演。挤进私校的目的，就是为日后上牛津、剑桥做准备。而牛津、剑桥留给伊顿公学、哈罗公学等知名私校的录取名额，远远高出其他中学，公立中学几乎够不着边！

需要注意的是，A-Level考核体系也在改革，无限制刷分获得好成绩的可能性越来越小，每年的考试次数有了更严格的规定。即便如此，笔试得到A*、A的学生人数仍很多，于是面试变得更具有决定意义。因此，英国的家长也要请家教给孩子单独辅导，以应对大学的入学要求。

至于“美国高考”前，美国中产家庭给孩子报各种课外兴趣班儿的重要目的，也是“高考”入学的加分项。

美国私立大学多，录取标准相对多元化，更看重学生的价值观和个人发展意识。丰富的课外活动、有计划的公益活动，对学生进入大学变得越来越重要。

这些都要体现在申请大学所需的推荐信和个人陈述上，美国考生、家长，甚至中介机构，当然也包括去美国留学的中国考生、家长、中介机构，都挖空心思做起了“表面文章”，各种写手也应运而生。

相比而言，传统意义上的中国高考考生则显得“悲哀”了！

其实，高三这一年，是典型的书越读越薄的过程，不过这个过程更多是老师来完成的。他们辛辛苦苦圈定了考试的知识点，又再接再厉地大剂量使用“题海战术”，而学生在高考前完成复制、输入，确保高考时准确输出。

考生比拼的只是“复印”“扫描”的输出效果，竞争的只是反复练习后的准确率和低烈度的应变水平。因此，高考的含金量不高，难度中等、中等以下的题目占绝大多数，拿下这些题目足矣。花一年时间死记硬背，太浪费时间，还可能让我们很多方面的能力被抑制或消磨。

长时间在有限的选项中做出选择，看似只是做了单选题、多选题，而潜移默化中，更是把学生的思维固定在一个很小的圈子里。而且，被动的高考备考模式，造成学生严重的心理依赖，循规蹈矩地按照老师、家长的意旨行事，很少留意自己的兴趣点。

西方“高考”虽然也有很多“形式主义”的作秀，但对学生思维方面的限制比较少。

“高考状元”的分数有多少含金量?

应试教育的桎梏，对学生而言，除了在意识形态上不犯错误，剩下的就只有精神上、思想上的荒芜了。高考后，我用二十年的痛苦挣扎——几乎付出了比学生时代更长的时间“拨乱反正”，才真正明白，“尽信书不如无书”。由此推理，都听老师的，也没有什么好结果。

在英国留学、工作期间，我曾短时间住在爱丁堡，结识了Stephanie和Ross夫妇，他们同样是传教士。Stephanie是清洁工，Ross是屋顶修理工，他们都没有上过大学，十七八岁时离开家，一切都由自己决定。他们的想法很简单，先工作，做力所能及的事，挣了钱再做些自己更想做的事。还在学生时期，他们就定下了自己最大的理想——传教并筹款重修社区内的教堂。

Stephanie和Ross的工作谈不上体面，比较辛苦，但收入和生活没有问题，一样银行按揭住独门独栋的大house，一样出国旅游，只是需要精打细算才行。尽管有些拮据，他们仍乐此不疲地做志愿者。早些年他们去非洲的马拉维为当地人修房子、开英语课、做医院护工等，余暇时间就传教。

我是不信教的，但每每想到他们，总像经受洗礼似的肃然起敬、心生感动。除了信仰的感召力外，无法想象他们那么早就规划好了人生的路径。

我十七八岁时在干什么呢？在备战高考！

中国的改革中，恐怕没有比高考改革尺度再大的了。1993年北京市与“三南”地区（湖南、云南、海南）第一次实行“高考3+2”——语文、数学、外语必考，作为文科生，其他两门我考的是政治和历史。

我当时在北京的一个重点中学，是个传统意义上有口皆碑的“好学生”，其实成绩在高一、高二时也就是中上等，但最听老师的话，特别是高三备考，几乎达到了“辟谷”的境界。每天就是“抠斥”课本上的这些事儿，反反复复，字斟句酌。我对老师的服从超过了100%，关闭了官方教育之外的一切旁门左道。

学校附近的书摊，抬眼望去，一排挂着的都是《我是你爸爸》《射雕英雄传》，对我而言没什么吸引力，老师在家长会上早就定性了：王朔、金庸的小说，不算非法出版物，但肯定与学习、高考没什么关系。

记得一位高三同学在模拟考试的现场昏倒在地、全身抽搐、口吐白沫，那时还是班长的我，第一个冲过去扶起她，和几个同学把她抬到医务室，并送上救护车。回到教室，我继续做卷子。

最终的高考成绩出奇地好，几乎是“状元”级别的：全年级排名第二，进入北京市文科前30名，以第一名的成绩考入北京外国语大学英语系。不过，除了成绩，我并没有感到与原来相比自己有什么进步，我依旧搞不清楚未来的方向。

高考是体制内的独木桥，仿佛中国竞技体育的举国体制。

曾震动中国体育界的报告文学《兵败汉城》一书中披露，1984年洛杉矶奥运会上一战成名的某著名运动员，在夺得世界冠军后兴奋地说了一句：“总算可以农转非了！”来自偏远农村的运动员，冠军是他们改变命运的唯一出路。高考更是如此，这是当时体制内的普通人，获得中国主流价值观认同的唯一通道。

通过高考进入大学，“单位”（公有体制下的政府、机关、企业、事业单位）就有了保障，那时，即便是体制外的私企、外企，也会把大学学历作为录取标准。

不过，从个人发展的角度看，高考留给我的，更多是思想的懒惰，而表面上又给外人留下刻苦攻读的正面印象。努力的结果往往还是技术层面的，至于兴趣爱好、人生目标等更重要的问题，却被长时间封锁了，代之以“长大就知道了”“慢慢就明白了”等敷衍了事的答案。这算什么“高才生”？我一直没觉得“高考状元”有什么值得自豪的。

具有讽刺意义的是，高考之后的20年间，我始终在为摆脱原有的学习习惯、思维方式而挣扎。

在中国的文化中，本来就有一种被动选择的倾向。谦卑、礼让的传统思维，又加上统一答案、统一思想的教育理念，让我的独立思考能力不断下降。青春年华，很多时候都耗费在老师或教参总结的“中心思想”上了。

白岩松在《白说》一书中这样评论中国教育：

名著之伟大从来不在于它所谓的“中心思想”，而在于围绕找个“中心思想”，它拥有太多人人心中有而个个笔下无的动人细节，正是这些细节，诠释了种种亘古不变的真理。

应试教育的桎梏，对学生而言，除了在意识形态上不犯错误，剩下的就只有精神上、思想上的荒芜了。高考后，我用二十年的痛苦挣扎——几乎付出了比学生时代更长的时间“拨乱反正”，才真正明白，“尽信书不如无书”，由此推理，都听老师的，也没有什么好结果。

对官方鼓吹的“好”，我们更要多长个心眼儿。

牛失去野性，人失去天性，统一的世界认同的标准下，统一的“三观”制约下，一切归于自上而下的秩序，这不就是秦始皇陵里成百上千的兵俑步调一致、统一的整体吗？这不就是那种秩序化的个体淹没吗？人为制造的舆论、集体无意识，已经凌驾于个体之上，并胁迫个体屈服于统一意旨。

——《王小波的〈黄金时代〉：比性更重要的东西》

中国大学缺失的“一流”是什么？

中国高等教育也开始因为追求形式上的“高大上”，而与文化内涵渐行渐远。我们追求的国际化也只是过渡，之后的3.0版中国教育，应该是富有文化内涵、普世价值、特立独行的精神乐园。

我作为英国大学校方代表，每次到国内出差是工作，是业务，似乎也是对中国城市化进程的见证。北京、上海、广州、深圳自不用说，即便是南宁、合肥、南昌、郑州、佛山等二三线城市，也已经是广厦林立、地铁纵横、立交飞架、大路通天。

飞机悬窗里、高铁窗口前、出租车窗旁，略过的是一个个城市的丽影，而最让我们这些“英国教育代言人”瞠目结舌的，是中国高等学府“开疆拓土”的蓬勃气势。

中国城市化的“教育解读”中，高校的巨变首先是校区的拓展。大多在市区的主校区已经没有发展空间，而地方政府在土地等方面的优惠政策，直接导致分校区纷纷落户城市的郊区，数不胜数的“大学城”拔地而起，风头盖过了曾经如火如荼的“经济园区”“高新工业区”等。

南开大学的滨海校区是天津市内老校区3倍的面积，位于成都远郊郫县的电子科技大学新校区占地4000亩，北京理工大学珠海学院竟然超过了5000亩！

如今拜访中国高校，校方的介绍中，在表示学校规模的环节，除了学生人数外，无不提及其校区的占地面积，特别是新校区的面积。要知道，英国不少大学在伦敦建立的分校区，充其量也不过是街区夹缝中的一座四五层高的教学楼，没有操场、没有宿舍，甚至没有图书馆，真是相形见绌。

富于思辨的英国同事，在参观了这些遍地开花的新校区后，除了惊叹中国财富涌流、日新月异的风貌外，不约而同地提到了一个问题：有必要这么大吗？言语中不乏英国人酸溜溜的“羡慕妒忌恨”，而耳濡目染、感同身受的我们又如何理解由政府主导的中国城市化对中国教育的影响呢？

在中国城市化的进程中，高校校区的扩大与中国大学的扩招是同步的。越来越多的中国人得到了高等教育的机会，同时，越来越多的中国人享受了过去无法想象的高规格的教育硬件设施。宽敞舒适的学习和住宿空间、质量一流的多媒体设备、供教职员工使用的人性化的办公环境成为标配，也成为中国高等教育现代化的外部标志。

早些年，西湖湖畔中国美院“精雕细刻”的豪华校门还曾经引起舆论的哗然，那时的焦点是从政治角度审视的“过于张扬”“不够稳重”。而今，城市中最壮观、最现代、最漂亮的建筑已经不再是政府办公楼，而越来越多的是中国大学的教学楼。

对教育而不是权力的崇尚和追捧，才是我们民族兴盛的决定力量。

不过，与此同时，外在质量的提高，在很大程度上还是类似中国经济的“虚高”。我们今天提出“限产压库”的口号，是应对过去若干年间房地产及相关行业过度发展的无奈之举。一方面方兴未艾的中国中产，刚刚起步就遭到由于房价变动所导致的财富掠夺；而另一方面，二三线城市的大量“鬼楼”无人问津，浪费了大量资源、占用了大量资金。

经历了校区扩张的井喷式发展后，中国高等教育仍然面临着教学、科研落后于世界的严重危机，建设一流大学和一流学科的国际化目标任重道远。一方面，中国大学固有的“严进宽出”的“潜规则”，造成一些高校学术荒芜、学习废弛；另一方面，中国仍有大量学生因教育资源短缺而被高考、学费等门槛拒之门外。

教育国际化恰恰是给过于广阔的校园增添坚实有力的内涵。面对国内3000所高等院校，以公立教育体制为主导的英国一百四五十所大学成为供不应求的国际先进教育资源，中方引进模式从“2+2”“3+1”“1+1”，到目前流行的“4+0”，再到联合办学机构，中国高等教育的2.0升级正在进行之中。

我很爱华东政法大学万航渡路老校区，梧桐掩映下的绿地上，民国时期风格的老建筑亭亭玉立，穿行在砖木结构的走廊里，仿佛还能感受那一代学人孜孜以求、宁静致远的沁人气质。一个不大的空间，宛如小家碧玉，出水芙蓉。而这样清新、别致的文化摇篮已经很难找到了。

我们追求的国际化也只是过渡，之后的3.0版中国教育，应该是富有文化内涵、普世价值、特立独行的精神乐园。

“中国教育不比美国差”吗？

《中国教育报》2017年2月24日在搜狐教育频道刊出的文章——《这两位世界顶尖教授放弃美国国籍回国任教，他们说：中国教育不比美国差！》，报道了著名物理学家杨振宁对中国教育的评价：

中国的教育不比美国的差，而是比美国的好。在中国念书不是念得最好的小孩，到美国中学、大学去念书，都会变成佼佼者，这说明中国的教育不错，确实压力很大，可是有效果。所以这些孩子去到美国的任何一所中学、任何一所大学，好的、不好的，所有的中国学生平均起来都比美国学生好，这就证明中国的教育是成功的。

杨振宁教授对中国教育的高度评价让我不由得想起了十几年前轰动中国社会的“钱学森之问”。中国著名科学家钱学森，曾向当时的国家领导人说起：“这么多年培养的学生，还没有哪一个的学术成就，能够跟民国时期培养的大师相比。为什么我们的学校总是培养不出杰出的人才？”

我倾向于同意钱学森教授的看法。盛世中国的民族自豪感、自信心固然重要，但感觉在全球化融合的今天，在强调可持续发展的当下，对中国教育的反思、改革、国际化更具有现实意义。

西方教育分为宗教教育、国民教育（国家教育）、个人自由的教育（知识与职业的教育）。中国教育自古以来没有西方的宗教教育，却有富于宗教精神的道德教育、人格教育、文化教育，这些中国教育的原点在孔子和儒家思想。

中国发展到近代以后，一直不断强化国家教育和知识与职业教育。国家教育，关乎意识形态，围绕“三观”展开的思想政治课从小学到大学，一以贯之；知识与职业的教育，关乎安身立命的“饭碗”，更是重中之重，而且近年来登峰造极；而道德教育、人格教育、文化教育，却因为意识形态的维稳和考试为核心的功利化引导，受到了极大干扰。

杨振宁教授提到的“在中国念书不是念得最好的小孩，到美国中学、大学去念书，都会变成佼佼者”的事实，恰恰说明了中国教育功利化对学生潜力的压制，而问题的核心其实杨振宁教授也提到了——“确实压力很大”，什么压力？无外乎是考试、升学、升职。

“朝为田舍郎，暮登天子堂”的人生巨变，全靠“读圣贤书”的教育理念和实践来实现。在这样的制度下，中国人的习惯思维是把教育功利化，读书的出发点是“有用”。科举制虽然名义上早已在一百年前灭亡，但它的核心理念千百年来始终没有消失。

在《中国教育报》的报道中，杨振宁教授提到了他中学时，父亲请老师教他学习《孟子》的经历。

中国应认识到传统教育的好处，把它坚持和发扬下去；同时又吸取美国教育的长处，在大学和研究院中，对于特别优秀的学生，规矩放松一些，不要限制得太死，以利于这些特别有才干的人在社会上尽早发挥才智。

综合杨振宁教授的经历和他的上述评论，我推测，杨振宁教授所说的“中国教育”，很可能是理想状态的教育形式，即国家教育、知识与职业的教育，以及富于宗教精神的道德教育、人格教育、文化教育。有些类似于中国古代传统教育模式，但在当下的中国几乎是不存在的。

只强调国民教育、个人自由的教育，是典型而偏激的“成功学”引导，精英教育的后遗症。民国时期的国学大师钱穆在《中国历史精神》一书中，对此尤为痛心。

学校教育仅是鼓励个人上进，仅注意到让每一个人都接受知识和职业技能，而没有注意到每一人的“可能的失败”，及其内心情绪上的“真实苦闷”。

杨振宁教授早年读的《孟子》中有一句掷地有声的名言——“人皆可以为尧舜”，即在道德、人格、尊严上，每个人可以站在平等地位上，这几乎是中国版的精神“独立宣言”。高贵的品质、健全的心智，其重要性远远超过官方意识形态与谋生技能。

而这些伟大的文字，一定回响在抗战期间，颠沛流离，却浴血坚持的国立西南联合大学的课堂上，就在物理系简陋的教室里，一个聪慧睿智的学生就在那里如饥似渴地学习，他就是青年时代的杨振宁。

常年在海外研究、生活的杨振宁教授，并没能像学成归国的钱学森教授那样，切身感受到中国教育丢失的那部分传统中的精华，而舆论似乎更愿意听到一个离开美国、回归祖国、改为中国国籍的华人巨匠对国家的溢美之词，但这些话可能混淆视听，凭空增加我们的虚荣，强化对中国教育的浅薄认识，甚至减缓中国教育国际化的脚步。

希望不是这样。

海归与4000万的房子

与英国人接触时间长了，我会觉得他们很多时候也像某些中国人一样装腔作势，闪烁其词，令人作呕。但总体而言，英国人比我们更理性、更冷静和更文明，不管环境有多么窘迫，他们略显沉默的外表下，隐藏着不为人下的高傲。

听说身边的一对美国名校毕业的“海归”夫妇，在北京市中心繁华地段买了一套4居室的房子，4000万人民币的房款一次性趸交了。对这种习以为常又略带压迫感的“行为艺术”，读解方式很多：留学中介会把“美国名校 = 财源滚滚”的公式无限扩大，以收取进入名校的“担保金”；房产商会配合“去库存”指令，渲染北京市场的“刚需”，并煞有介事地提醒买房人，每平方米20万人民币可能是“起步价”，便宜；银行理财经理可能会跳出来斤斤计较于一次性投入巨额资金产生的机会成本，他们会以美国“海归”不懂金融杠杆为由，向客户兜售商业贷款的“一揽子解决方案”……

我当时的第一反应仿佛是看美国大片《2012》：当摩天大楼和立交桥随着地震和海啸瞬间倒塌，到处飞扬着写字楼里的碎纸片、到处滚动着硕大的水泥立柱、到处飘舞着跌进深渊的汽车！恐怖！

发生在（或可能发生在）身边的灾难，才是最惊悚的，比想象中的外星人、怪兽、异形要恐怖得多。恐怖之后，我觉得自己这小半辈子跟白活也差不多。输入转账密码后轻轻地点击“确认”键，我后半生和后几辈子应该无法企及的天文数字，就在身边不远的银行里瞬间消费了。

我的世界在此时“2012”了。

我原本觉得，留学是一个与过去道别的仪式，经过这个缓冲期，达到新的高度和境界。可同样是留学生，当我拿到工资为什么属于拉低平均数的那一类呢？人比人该……

当我在爱丁堡的一个高级饭店门口被礼貌地拒绝入内时，我突然回想起在北京某顶级会所大堂几乎相同的一幕，而我看到的结果都是一样的：从身边经过的都是燕尾服、露背长裙、闪亮的袖扣、珠光宝气的首饰以及不可一世的目光。

世界没有变，现在是这样，以前也是这样，将来估计也差不多。面对以前的世界，我感到透不过气；面对现在的世界，我感到光年计算的、无限远的距离；而面对未来呢……

留学没有让我完全走出自己的世界，而走出自己的世界，并不是留学能够完成的。留学制造的幻觉和精神力量，让我

“冲高回落”，回到了英国人在课堂上和工作中教给我的思辨（critical thinking）。与英国人接触时间长了，我会觉得他们很多时候也像某些中国人一样装腔作势。

但总体而言，他们更理性——一种略带忧郁的理性，他们会先看到杯子里盛的一半水之外剩余的那部分空间，也就是说，他们做好了承受负能量，甚至失败的准备；他们更冷静——一种历史积淀下来的沉稳，处变不惊，以不变应万变；他们更文明——一种容易被古中国、古印度、古埃及、古巴比伦悠远的文明史所掩盖的全新的近现代文明，分层但同时也分权的人本主义社会。

在这个孤独的星球里，如果不能像美国人那样自信，日本人那样秩序，德国人那样精细，我觉得能做到英国人的理性、冷静与文明也不错，也很踏实。

我的一位英国同事曾略带妒忌与憎恶地点评英超球星的工资：“他们一个月就能挣出我一辈子的钱。”过了一会儿，他又换了副笑脸，颇有些孤芳自赏似地说：“不过，我一个月读过的书，够他们读一辈子的。”即使是这样“低烈度”的张扬，在英国人那里也是不多见的，他们略显沉默的外表下，隐藏着不为人下的高傲。

留学让我接触到和领悟到的，绝不仅仅是MBA的课程、乡村都市的开阔、异域人性的友善，更多的是一种非常与众不同的英伦文化，以及由此产生的一种文化定力。学习英国人的气质，不管环境有多么窘迫，我们都能成为有尊严的人。

现在，面对轻易购买的4000万的房子，我会学着英国人的“腔调”说，“祝他们生活愉快！我乐意帮他们找个勤快、体力好的小时工打扫房间，如果他们需要的话。挣钱现在还不是我的专长，但我喜欢自己的工作、自己的家庭、自己的业余爱好，所以目前我还没有太多时间考虑挣钱的事。”

留学回国，好意思就挣这点儿钱吗？

看看海归的工资条，“留洋镀金”的价值观念在血淋淋的事实面前，终于开始动摇了。不过，打破迷信有助于认识留学的真相，也会让我们理性地看待成功、看待自己的价值。

2017年7月中下旬，应中国教育电视台邀请，我来到《留学为你来》栏目录制有关中国留学生回国就业的访谈节目。

中国出国留学市场终于迎来了“返程高峰”——与十几年前大批留学生滞留国外相比，如今的中国学生中，每年至少有七成回到国内。

究其原因，是国际就业市场的变化。

2008年，世界金融危机使发达国家纷纷进入经济萧条期，大批公司倒闭，英国的失业率高达11%，比美国还高。希腊、西班牙、意大利财政危机严重，几乎到了“国家破产”的边缘。欧元区沉重的债务负担让大英帝国苦不堪言，政府财政捉襟见肘。

2010年，英国内政部修改移民法案，限制欧盟之外的人员在英国工作，最终促成了2012年起全面关闭PSW（Post Study Work）签证的惨剧。中国留学生在毕业前如果找不到工作，留在英国的可能性就微乎其微了。同时，在英国，留给中国人的工作机会也相对低端化。

虽然不一定像在澳洲去养牛、摘苹果、锯木头、当电工，一般也好不到哪儿去，在社会上应该也属于“沉默的大多数”，生活中应该也是按部就班、周而复始。很多专业性强的“人才”到了英国，也基本上是“吃低保”的。

这样看来，不难理解近年来中国海归比例呈逐年上升的趋势，归根结底是国外工作不好找，想不回来都不行。另外，中国经济虽然已经进入中低速增长的“新常态”，但相比全球其他地区，还是“有利可图”的。

中国留学生回到国内的就业形势又如何呢？

蔓藤教育集团2017年6月发布的《2017年中国留学生美国就业白皮书》表明，留学归国人员的薪酬待遇在10000元人民币以下的高达82%，10000元至30000元之间的只有15%，而30000元以上的也就3%。

在“北上广深”这样的超大城市，生活成本应该高于欧美的一般城市，而收入与欧美相比完全不在一个水平线上。即使按照国内的生活水平衡量，10000元的薪水在北京也只能摇头兴叹。根据北京留学服务行业协会的统计，仅2017年，中国就业市场就面临着1335万就业大军的巨大压力，其中应届大学毕业生近800万，海归约40万。

由此，我们也就明白，供求关系决定了归国留学生的身价和职场方向，海归虽然整体素质较好、数量不多——在整个就业市场中的占比不到3%，但也并没有达到奇货可居的程度。

从需求角度分析，中国就业市场的“人才高消费”现象很严重。雇主片面追求高学历、国际化背景，而并不在意岗位职责与求职者素质的匹配度。留给海归的职位其实与国内大学毕业生的岗位区别不大，按岗位定价的薪酬自然也没有优势。

在国内，工会给予员工的保护很有限，工资的行业标准模糊，海归受到同等的制约。不过，看似不合理的用人机制，却又是市场自身不健全所造成的，也算是现实中存在的市场“规律”。

海归既然选择了国内就业市场，就需要及时调整预期。“留洋镀金”还是通行的价值观念，而留洋是否能镀金，还要看自身的实力和就业市场供求关系。事实上，留学只能保证我们增加阅历，但不能保证我们成功！

周游列国、布道讲学的孔子和他的弟子们，被困在了陈国与蔡国之间，吃饭都成了问题。心直口快的子路向老师提出了一个尖锐的现实问题，我们作为君子，为什么也会如此窘迫？而孔子的回答让在场的所有人陷入了绝望：“君子固穷。”

上海电视大学鲍鹏山教授在“百家讲坛”《孔子是怎样

炼成的》系列讲座中，这样解读这句话：君子是一定会走投无路的！

子路对道德的有效性抱有期望，从某种意义上讲，乃是迷信。所以，孔子要彻底打破他的迷信。道德是对君子的约束，君子正是在这种约束中成为君子。道德只能保证我们成人，而不能保证我们成功。

——鲍鹏山《孔子是怎样炼成的》

留学也一样，留学与就业其实没有什么必然联系。这种反差促使海归尽早“本土化”、尽快“接地气”、尽力摒弃社会通行的“成功学”。海归中的相当一部分是中国教育体制锻造出来的精英阶层，同时又在国外留学过，是二元教育制度的受益者。深谙国内文化环境，又浸染于西方思辨、多元的意识形态氛围，精通汉语、英语，于是能游走于两种思维方式之间。“本土化”“接地气”是接受国内市场的客观规律，同时又不至于完全“世俗化”。中国国际化的核心，还是应该降低“关系社会”所抬高的社会运行成本，提高社会整体的运转效率，削弱“关系”凌驾于制度之上的庸俗的人际交往。

另外，海归薪水低是社会现实，应该接受；而面子上过不去，倒更多是心态上的急躁。

商品社会的“成功学”，把教育的职能功利化，屈从于外在的社会认同，因此，海归以及海归的预期容易被无原则地抬高。且不说从变化、发展的角度看待“钱”的问题，一般而言，“成功学”只能涵盖有限的职场范围，而职场之外广阔的时空却是由我们自身的修养、定力所主宰的。

留学给我们带来的文化心理上的愉悦，受益终身，而且可以填充生活中的各个角落。留学仍是个人国际化发展不可替代的深度体验。

海归就业的体制问题

“体制内”更需要承受约束带来的压抑、痛苦，以换取体制内的认同和保护；而“体制外”则更需要承受放任带来的孤独、恐慌，以换取体制外的自由和洒脱。指望英明的领导，期待完善的制度，其实完全不可控。能控制的，只有自己的心态和努力。

不管是国外还是国内，找工作都不容易。虽然“发达国家”也有体制内外之分，但总体而言，大部分工作职位还是市场调节。在国内，体制内的力量很强大，难怪很多英国留学生为了赶上国企、事业单位、政府面试，还没毕业就催着英国大学赶紧开出成绩单、学位证书，以便回国应聘。

20年前，我在国内大学本科毕业时，国企职位很抢手，特别是“国字头”的央企，一听名字就觉得“高大上”，于是趋之若鹜。不过，那时对于工作、公司、工资、工龄、公事等，还是一无所知的状态，学校里遇到点儿学习上的小问题就去找老师问，而到了就业这样的大事，却什么问题都提不出来了。

脑子里没有社会、工作这根弦儿，那时候年轻，还有时间胡思乱想。自己给自己定下一堆设想（assumption），诸如好好干可以升职、升职后涨工资、涨完工资公派出国培训、培训后再升职，等等。设想从自我管理，到管理别人，再到管理公司……

上了班以后，首先遇到的是没头没脑的怪问题："小赵，你是哪儿的？"有时甚至被问及家里是做什么的。我也直来直去，说父母是工厂技校的老师。于是，渐渐地，这类问题大幅度减少了。

在中国，背景真的很重要。

不过，我在毕业时设计的未来职场，都是以所谓"好好干"这一技术背景、专业背景为前提的，我想不涉及人情和人脉，更多的是等着自己的能力被领导赏识、被制度激励，我想"凭本事吃饭"。倘若祈盼的公平和公正兑现了，就是好的领导和制度，否则就只能离开了。

从工作伊始就是等待，等待国外出差（补助高）、等待晋升、等待涨工资、等待年终奖、等待公派出国学习，等等。在彷徨的等待中，我并没有去修补自己在人情和人脉方面的缺陷，依然我行我素地强化纯粹的"本事"，不折不扣地"用进废退"，最终我选择了离开，自费去英国读MBA。

在那之后的十几年，我完全跳出"体制"、混迹在英资机构的圈子。重新回看历史，其实，得与失也并没有当年设想的那样泾渭分明。

当我拿到英国的工资条时才发现，工资的1/3都交了税，说来说去自己挣的也就是英国人的一个平均数。而这里的升职空间比国内还要狭窄，虽然不需要关系和背景，但需要论资排辈。资历不是指年龄，而是在业内的工作经验，我之前在国内企业的经历几乎都用不上，还得从零开始。在国内，我升职用了5年（算是破格提拔）；在英国，我升职足足等了10年。

另外，从工作性质看，我在英国的选择空间也不大。后来我才意识到，之所以我被雇佣，多半是因为我对中国市场比较熟悉。在后来应聘的一些英资机构的职位描述中，甚至包含现成的中国业务渠道、成熟的在华政府关系等比较“俗套”的要求。我花费很长时间来寻找适合自己的体制，核心其实都是在与激励机制博弈，我仍然相信制度的力量，而对“自我管理、自我激励”的内生性动力表示怀疑。

简而言之，“体制内”更需要承受约束带来的压抑、痛苦，以换取体制内的认同和保护；而“体制外”则更需要承受放任带来的孤独、恐慌，以换取体制外的自由和洒脱。这样看来，“顺应”仿佛是体制的里面，而“逃离”好像是体制的外面。

大学毕业后20年的思考与实践，让我渐渐明白，无论是“体制内”还是“体制外”，我追求的“激励机制”，其实并不存在。自我激励的内在机制，远远超越职业本身，是独立人格的保障。

曾经希望由外部的社会认同提升自己，如今看来，只能说明自己那时还不够独立，还总想着有人“托一把”。其实，我们能控制的，只有自己的心态和努力。

大牌公司、世界级企业，不管体制内外，更多的是一种威压感。总有一天，我们的定力和实力，会使自己超越体制、超越外在的社会认同，我们将不再“臣服”，不再执迷于打工仔的心态，而是公司、单位的合作者，一个有独立人格的雇员。

此时，就是我们真正为自己而活的时候；此时，也就是我们真正享受工作的时候。

海归选择“四大”工作有前途吗？

说得好听些，中国市场业务量大，是“四大”全球市场的支柱；说得难听些，中国员工拼死拼活地干，其实不过是在给美国总部补窟窿，确保美国当地员工准时上下班。

在英国读完硕士的中国留学生又该陆续回国了。除了在英国当地找到工作或等着毕业典礼的同学外，绝大多数留英学生此时开始集体上演“雁南飞”了。

此时他们正式被冠以“海归”的名头，谈不上自豪，每年数万留学生从英国往回跑，与本土的应届大学毕业生裹挟在一起，争抢着为数不多的饭碗。当然，他们中也有不少人厌倦了国企的沉闷、外企的滞涨、私企的残暴，于是尝试着创业，开始剥削别人。

僧多粥少的职场，也有像“四大”这样容量大、机会多的“优秀雇主”——在人力资源领域，“四大”有口皆碑，比较契合留英学生中将近70%商科背景的现状。虽然比不上花旗、汇丰、德银等大金融机构那样让人仰视，但仍称得上是会计、金融专业学生的归宿了。所谓“四大”，是普华永道、毕马威、安永、德勤四大美国会计师事务所，一般分为审计、税务、咨询等若干业务板块，我爱人曾在其中一家（姑且称为“一大”）工作了很多年，我作为旁观者还是比较客观、比较不客气的。

多年前，我看了爱人在“一大”的劳动合同，外企的人事制度就是比国企强，我在曾经的国企从来没见过如此责权明晰的合同。虽然都是白纸黑字，在国企这边，没用的话倒清清楚楚，具体到工资、奖金、升职、休假等关键部位，就开始迷迷糊糊了，“根据实际情况由部门确定”了。看看人家“一大”那边，这几项都很明确。“契约精神”不服不行！

合同的执行情况，在“一大”也可以算是合规的——英文叫compliance，这个词在行业外一直不清楚怎么翻译，我现学现卖了。“四大”业务的核心本来就是给别人“合规”，所以自己内部当然要率先垂范。

到了财年结束前，我爱人的部门就开始“批评与自我批评”了，也就是“背靠背”的互评与自评，采取打分的方式，5分为满分，也有时候给5+的，得到5分或5分以上，职务级别晋升一级；3分以下不及格，要考虑是否继续留用，至少不能升级，不能加薪；中间4分上下只加薪，不晋级。

每个员工一般会有个“师傅”（counselor）带着，形式上很像学徒（apprenticeship）。“师傅”一般经验多、级别高，在业务和职业发展方面都会给出意见和建议，特别是在年末打分时，“师傅”的提携作用就更突出了。

我爱人比较幸运，她和“师傅”的关系非常好，她不仅在工作上经常得到指点，升职方面也获得了不少加分，她在“一大”的职场稳步上升。

国企就没这么好的制度保障了。我当年大学毕业前找工作时，安达信会计师事务所（曾经是全球最大，当时是所谓“五大”之一）招聘，年级其他同学去面试的不少，基本上都给工作offer了，我确实对会计、金融之类的东西一窍不通，也毫无兴趣，否则也报考了。如今看来，要是去了，职场肯定不会像自己这么多年来“摸石头过河”似地瞎折腾。

至少从制度优势看，“四大”不需要太多特殊背景和关系，内部叽叽喳喳、你死我活的事少，凭真本事，吃技术饭，一步一步往上走，踏实。

我们喜欢外在的、表象的“成功”，那是个没人愿意戳破的肥皂泡，在阳光下呈现出彩虹般的绚丽。而实际上，在“四大”取得成功，绝对没有表面光鲜，需要付出很大代价。

我大学毕业后还不到一年，就听说去安达信工作的同学中有两个得了心肌炎。刚开始我还不大相信，后来我爱人进了“一大”后，才感受到随时存在的健康风险。

每天晚上，“一大”的办公楼附近停着很多出租车，基本上都是在等加班的员工。在没有“滴滴”和“优步”的时代，这种约定俗成让众多“一大”的职员（大部分是女性）不必在冬天的寒风中等太长时间。

从晚上八九点到夜里一两点，加班是常态，即使位至合伙人，也要每天夙兴夜寐。不是“磨洋工”，是活儿多得干不完。

高强度的工作压力下，各种各样的妇科病折磨着这些女白领。虽然智力投入是当今职场的发展特点，为男女平等提供了重要前提，但智力因素的比重再高，也是需要付出体力和精力去实现的。最终，不管什么行业，都在拼身体，拼耐力，拼寿命，如此看，白领和蓝领的工作差别算是消除了。

更可悲的是，虽然是在外企，但金融服务业的性质决定了为满足客户的需求，个人的所有时间几乎全部打包出售了。越是级别高的，越要7天24小时待命，他们在休假时写邮件、打越洋电话、回答客户刁钻而又毫不客气的问题，这也是常态。

我爱人在“一大”七八年的时间做到了较高的级别，但最终还是不堪重负，跳槽去了客户（企业）那边，这在“四大”的职场生涯中也是常态。

我们会纠结于职场中约定俗成的“成功”。埃克哈特·托利在《当下的力量》一书中却有不同的看法：

外在的目的就像一个游戏，你可能会不断地去玩，因为你喜欢它。当你外在目的完全失败的同时，你的内在目的有可能取得成功。反之，更常见的是外在很富裕，内心却很贫乏。或者如耶稣所说："赢了全世界，却丢掉了灵魂。"当然，最终所有的外在目的迟早都会失败，这个道理很简单，因为它们受万物的无常规律的限制。尽早地意识到你外在的目的不会给你持久的满足，对你越有利。

然而实际上，成功者对自己的"成功"出言愈发谨慎，甚至连马云在上市成功后也感叹，自己最大的失误就是建立了阿里巴巴。

为什么？可能有"得便宜卖乖"的嫌疑，但更核心的问题在于"外在目的"与"内在目的"的矛盾。这个矛盾就是"成功"的代价。

如果你是马云级别的富豪，你除了让企业和资本扩张、再扩张，别无选择，你一下子从企业老板变成了为全球股民服务的打工仔；

如果你是政府高官，除了高危职业带来的心理压力外，你将失去作为一个公民所拥有的自由出入境的权力，陷入"早请示，晚汇报"的全天候工作节奏里，直到退休；

如果你是职业经理人，你肯定没有太多犯错误的机会，每天走在盈利与亏损的分界线上；

如果你是华尔街的股票经纪人，你应该准备好每天睡4个小时的工作强度，而且不靠吸食毒品能让自己第二天充满活力……

留学的重要功能之一是强化事实判断和价值判断的能力，也就是常说的，看清本质，做出进与退的决定。

海归的英语这是怎么了？

问问海归就知道了，在国内职场打拼几年，英语已经“磨损”很严重了，多半是长期不用导致的“锈蚀”。其实，英语并非一劳永逸，不像骑车、游泳，学会了一辈子忘不了，恐怕还要终身学习才好！

诺森比亚大学的校友Polly，请我到她的家乡内蒙古鄂尔多斯，出席“开口英语教育”毕业典礼，并做《学英语学的是什么》主题演讲。很多人会说，英语是技术、工具，很少把它当作专业、学问看待。即使是技术、工具，其实也不是一劳永逸的事，并不像骑车、游泳，学会了一辈子忘不了。

问问海归就知道了，在国内职场打拼几年，英语已经“磨损”很严重了，多半是长期不用导致的“锈蚀”。学英语学得更多的，其实是国际文化，这是隐藏在英语后面的大学问。

国际化的英语环境是什么样的?

人们都知道英国是英语的发源地，却不知道英国也是全球各色英语的集散地。到处南腔北调，与老外在中国听到的汉语是同样的感受。

去过苏格兰才知道，英语对于苏格兰人来说，也是外来语。苏格兰人最早的语言是盖尔语（Gaelic），至今仍有2%的苏格兰人在日常生活中使用盖尔语，仍有很多苏格兰和威尔士学校还在开盖尔文学或盖尔语言专业。乡音无改，“苏格兰英语”中的“盖尔遗风”仍然使我们这些外来人在交流时惴惴不安。

有些人因为苏格兰人的英语有口音，所以不愿意去苏格兰的大学留学。这就是对英国和实际生活中的英语环境不了解。除了苏格兰口音外，还有曼彻斯特口音、纽卡斯尔口音、谢菲尔德口音，即使在伦敦，东区与西区的口音也迥然不同。

而非母语的英语口音就更多了。在英国大学里，有来自五湖四海的老师、学生，他们的英语口音也形成了独特的风景。东南亚口音、日本口音、印度口音、俄罗斯口音、希腊口音等等，中国的“中式英语”当然也是全球大家庭中越来越重要的一部分，自成一派。

没有人天天像BBC的播音员一样对我们说英文，无论走到哪儿，美国也好，澳大利亚也罢，英语都是“国际化”的，对中国人而言，就像是咀嚼多味儿花生，或是怪味儿豆。这是一种措手不及的遭遇，也是入乡随俗的历练。

英语的文化沟通

在中国留学生中，有些在国内推杯换盏、夜不归宿，到了英国，反而“老实”了不少，更愿意“宅”在宿舍里。当年我也是比较“宅”的，但并不拒绝与外国同学去酒吧聚聚。在英国，酒吧叫pub，全称是public house，公共房子，实际上是典型的社交场所。

酒吧、喝酒、朋友，缺一不可，英国人借助这“三位一体”的文化环境让自己充电，释放出忙碌工作后的压力，对抗着阴霾天气和世态炎凉。

其中，喝酒最为随意，英国人一杯啤酒能喝上整整一个晚上不续杯，咱们国内讲究的“敬酒”“干杯”在这里基本上没有。从英国人的角度看，喝酒是自己的事，愿意喝就喝，不愿意也不勉强，而国内一般是集体无意识！

酒吧也是最好的学习英国文化的场所。天南海北的神聊，会为我们打开风景独特的世界之窗，特别是英国人的兴趣爱好，在这种环境里会和盘托出。在酒吧里，平时的所有隐私（年龄、婚姻，甚至收入）方面的禁忌，慢慢地放在了一边，人与人的戒备暂时解除，于是才有了所谓的“真情流露”。

与英国人的谈资里，少不了书。说英国人高雅，有风度，阅读恐怕也是其中一个佐证。据说英国人的阅读量是平均每人一年37本书，而中国人是0.7本。媒体上有人认为英国的综合国力仅次于美国，位居全球第二，恐怕这与人口素质还是有关系的。他们也愿意聊聊最近看的小说、杂志、报纸上的内容。

英语与未来职场

国际化的环境里，英语其实早已成为“标配”。能否具备过硬的知识和技能，并依靠英语在工作中独当一面，这并不是每个人都能达到的。优秀的“英语+专业”的精英，即使是在中国这样的人才大国，仍然是凤毛麟角。

很多工作岗位的晋升条件就是英语，会计师事务所、律师事务所、企业中高层管理职位等等。很多人拼命地抽时间报班学英语，但这种碎片式的训练效果往往不好。在烦琐的工作、生活之余，挤出时间学英语，除非有超强的毅力，否则不可能达到自己的预想。

即使出国留学，也未必就一定能使英语有本质性的提高。所以，英语学习基本上也是终身学习的一部分。有人认为，回到国内，没有英语环境，就无法学好英语。其实这是为自己的英语退化找借口。

中宜语言培训基地的章总特别提到，自己也是海归，当年去英国学习时，英语是最大的短板。他为了学好英语，采取了“音乐疗法”，靠听英文歌曲来培养语感，效果显著。如今他把这些方法移植到自己创业的英语培训项目中，甚至还加入到英式礼仪训练中，以求学员能在语言提高的同时增强文化感。这种类型的语言培训确实不是主流，不以雅思应试为核心的语言培训目前还算是小众，但它却实实在在地铺垫在“纯语言”学习中。章总还提到，很多精英人士的英语就是在国内练出来的，马云便是其中的佼佼者。

马云就是坚持模仿老外发音、坚持在西湖边厚着脸皮主动找国际友人攀谈，这才练就了国际“范儿”。如今经常活跃在国际舞台的马云，其实也在利用这些英语场合巩固、维护自己的英语水准，这也是英语学习的良性循环。而我们普通人也有很多这样的机会，而且客观条件比马云的学生时代要强很多倍。

这样看，还是要从自己的目标、方法上找原因。

留学回国为什么现“原形”？

具有中国特色的礼仪似乎要让全世界“入乡随俗”。不过，英国人更适应中央“八项规定”的要求。中国人的国际化与英国人的本土化的矛盾统一很值得玩味。还是希望降低“关系社会”的运行成本，削弱“关系”凌驾于制度之上的人际交往。

留学后一直在英国大学工作，这十几年来让我体会最深的还是中英文化的激烈碰撞。外资机构在中国市场做业务，面对着“国际化”和“本土化”的双重变奏。就像我曾经做的一次公益演讲的标题——《我们是中国人？还是英国人？》——一样，留学回来其实更要经历来自两面的巨大反差与挤压。

很多中国留学生虽然号称经历了西方社会的文化“洗礼”，但回国后马上现“原形”了：像以前一样开车不让路，像以前一样在公众场合大声打电话，像以前一样英语越来越Low……然后，顺理成章地解释说，环境使然！

在“吃喝观”的问题上，更有明显的、入乡随俗的趋势。像中国人这么重视“吃”的，全世界并不多见。除了中餐好吃的原因外，在中国的文化中，这也是最人性化的交往方式了。

我记得在英国第一个工作期间，曾与同事一起来国内出差。那时的我，还是按照中式的盛情款待的模式安排行程，一天三顿饭都很隆重。

第一天大家还彼此客气，相安无事，到了第二天，我的同事含蓄地问我是否可以让他们自己安排午餐和晚餐，实际上是说，吃饭太频繁了，其实这也是英国人在中国最害怕的事情之一。

在中国，很多时候，工作就是“请客吃饭”，教育行业稍好些，但也是司空见惯的事情。到了英国大学财务部门就麻烦了，他们拿着我提交的大量餐费发票向我的领导反映，认为这些费用应该由我个人承担！我当时还挺生气，为了开展业务把自己吃成了脂肪肝，还没要求医疗补助呢，结果反而被“倒打一耙”！

英国人的公关活动中，吃饭的开销非常少，往往是酒水饮料或简单的冷餐，即使是内部同事之间罕有的聚会，都往往是AA制。请客的中方院校，曾认为在饭桌上可以解决的问题，在英国那边并不买账，英国人不会把吃饭与工作结合在一起，吃了也白吃。更重要的问题在于，吃饭可能占用他们的业余时间，在实际上剥夺了英国人的自由。对合作方、客户、同事，英国人还是希望保持一定的距离。

在喝酒方面，英国人也一样“不通情理”。从风俗上讲，英国北部的人，很能喝酒，也经常喝威士忌之类的烈酒。但他们喝酒的方式属于“自娱自乐”——自己喝自己的，边喝边与别人聊天，一般不会劝酒。

在国内，合作方的殷勤也会表现在喝酒方面，从北到南，酒文化大都如此，即使是很多中国大学的国际办公室，按说应该是深谙异国文化，也大多推杯换盏，一醉方休。英国人不太适应这种环境，但他们为了礼貌，有时会牺牲自己的肠胃，为了不让合作方难堪，他们会积极响应每一次敬酒，直到自己不能承受为止。

但这种“配合”会激励合作方“乘胜追击”。西凤、杜康、白云边、国窖1573……这些中国人眼中的琼浆玉液，对英国人来说最多也就是应付，他们更适应中央“八项规定”的要求。

我至今还混迹在英国大学，其中一个重要原因就是在这里喝酒的时候不多，对中国乃至世界酒文化毫无兴趣的我，简直像中彩票一样兴奋。

“关系经济学”“关系营销学”在西方世界也是有的，而且有专门的课程，尽管在中国这边就显得“小巫见大巫了”。

国际化与本土化的冲突应该还会继续，毕竟中国处于国际化阶段，而英国人其实很想适应中国市场的要求，但“吃喝观”的问题上，两边观念上的差距短时间内很难缩小。

“留学红利”能维持多久?

“留学红利”，之于国家，需要制度保障；之于个人，需要保持内心自由、灵魂自由的“本土化”。内心的自由，也是海归延续“留学红利”的基础；灵魂的自由，是海归要补上的中国教育曾经拥有、当下却失去了的道德平等、人格平等、尊严平等的教化，这几乎是中国版的精神“独立宣言”。

据说一个留美博士受聘回到国内某研究所，与本土博士在课题经费分配上发生了争执，被对方反驳了几句：“我这个研究员，大小也是个项目负责人，你刚从美国回来，还没有评级，做事情也得有个组织观念吧！”

涉及经济利益，有时很难说清谁对谁错。但只言片语中，却体现出体制内外的碰撞。

19世纪60年代初期，中国历史上第一个留美学生容闳，以优异的成绩从耶鲁大学毕业回国，拜见当时清政府的封疆大吏曾国藩时，大谈自己在美国名校的经历。曾国藩对“耶鲁”

不以为然（很可能是毫不知情），对这个夸夸其谈的所谓“名校”毕业生并无好感，不过鉴于当时去过美国的中国人还不多，曾国藩让容闳跑跑腿，督办引进美国技术、建造兵工厂（这就是后来的江南制造局）。

除了介入当时的官商经济（洋务运动的早期模式）外，容闳贡献更大的是人才培养——成建制留美幼童的派遣。早期公派留学造就了詹天佑（著名铁路工程师）、唐绍仪（民国初年国务总理）、唐国安（清华大学校长）、梁敦彦（清朝交通总长）等一批彪炳史册的栋梁之材。同时，公派留学也带动了民间留学风潮的兴起，打破了中国原有的传统教育模式，中国人开始希望摆脱旧体制的约束。

清政府改革自新的措施，是为了扭转1840年鸦片战争以来的颓势，是为了医治华夏文明旧有机体腐朽、癌变的晚期重症。

不过，人之所以成才——不论是本土精英，还是海外俊杰——除了自身素质外，还有外部环境、机制的巨大作用。多少满腹经纶、意气风发的有识之士，最终也难逃制度、文化的束缚，或随波逐流，或黯然离去。

海归容闳的雄才壮志，换来的也就是个“五品候补同知衔”。在几十年的人生沉浮中，他在体制内的最高成就，充其量也不过是个“高级跟包”兼翻译。1881年，清政府停止了派遣幼童赴美计划，容闳极度失望，痛心疾首地来到美国定居。

从国家的角度说，“留学红利”只能伴随国际化的新体制、新机制、新文化才能发挥更大的作用。中国近代的海外学人，从技术层面为中国带来了些许改变，但无法撼动积重难返的旧体制、旧机制和旧文化，早期的被动式开放、“受迫性”国际化，不可避免地失败了。

新中国经过了多年“受迫性”封闭后，终于走向了国际化的轨道。从1978年到2016年年底，各类出国留学人员累计达到458.66万人。尽管相对于13亿全国人口、1.09亿中产阶层，这个数字的占比还很低，但近四十年中国教育国际化的尝试，已经形成了中国历史上绝无仅有的、数量最庞大的留学群体！

与此同时，中国高校的“双一流”建设中，已经把校内师生出国进修的比重作为学校国际化的指标。这说明“留学红利”还在起作用，尽管相比“行政化”的体制，它还很微弱，但政策层面的倒逼机制，终究会打压行政级别对学术、科研的干扰。“留学红利”之于个人的影响，也是一个曲折的过程。海归面临的是与国家相反的发展路径——本土化。

我们曾经期盼的“留学光环”，其实也就是那一纸文凭。当然，这还有用，毕竟有出国留学经历的人，在中国总人口中的比例还很低。而更多情况下，市场需要的已经远不止学位本身了。同学中、熟人里那些千万富翁的老板、全球500强企业的高管、律师事务所的合伙人，哪个不是左右逢源的“网络（关系）专家”！

这些人，大都没有留过学，却深谙中国市场的生存法则。而海归想象的比别人多的“优势”，现在看来，除了海外学位，似乎也没有太多值得炫耀的了。

其实，海归在充分释放自身能量之前，还是需要认清国内市场的特性。海归在国内外体制的龃龉中，遇到了太多困惑和不适应，很有些“夹缝中求生存”的味道。其实，反过来看，这也是海归的“卖点”——在中西文化间调和阴阳。保持独立人格、独立思考、独立价值观，其实与是否留过学没有必然联系，无论是谁，无论是在国内还是国外，都应该如此。

海归的傲气需要在平凡的工作（或事业）中尽快散去，把对外的抱怨渐渐变为自我内心的解放。我一直欣赏莫言的那句话：一个作家需要自由的空间，但外界的自由并不意味着能写出好作品，内心的自由才是创作的源泉。

内心的自由，也是海归延续“留学红利”的基础；灵魂的自由，是海归要补上的中国教育曾经拥有、当下却失去了的道德平等、人格平等、尊严平等的教化，这几乎是中国版的精神“独立宣言”。

理想是什么?

理想总是“我说了算”的一厢情愿，让“我”生活在自己的世界里。从这个意义上说，理想是使人上了瘾。现实不可否认，幻觉不可否认，理想其实是维生素，多了不行，少了也不行。

爱出汗真没办法，夏天出差最受罪。我的西服里子上已经被白色的汗碱涂抹得像工作服了。碰到每天去一个城市，在宾馆饭店洗衣服都来不及，我一天洗两三次澡，总担心自己臭气熏天，怎么去见合作方啊?

一连10天的公务出差结束了。厦门的闷热，陪我在鼓浪屿上，没有目的地闲逛。拍婚纱照的新人在这晌晴的炎炎夏日中，只能“淋漓”尽致了，我这个“过来人”也是如此。恍惚中，觉得时间仿佛留学时格拉斯哥的浮云，借着大西洋的劲风，略过繁星，飘过枝头，薄薄的轻纱透出天空的深蓝色，一会儿就无影无踪了。

苏格兰高远的夜空，变成了厦门响晴的、午后的碧空，格拉斯哥晚风的寒意，变成了鹭江边海风的湿热。我静静地走在树荫下，路边传来笛子演奏的《山不转水转》，一首老歌却突然让我无限伤感。富有穿透力的笛声仿佛海浪，剥去了我的遮掩，浸入了肌理。

我被励志的旋律一箭穿心，有些老大徒伤悲的无可奈何，是苏东坡酒醒后凝望江水的自我哀叹——“长恨此生非我有，何时忘却营营”？从英国大学毕业后，就留在英国工作，如今往返于两地，完成了个人的国际化，然后协助中国教育——特别是高等院校——实现业界的国际化……可能又是被拔高的理想在作怪吧。

理想的核心是改变。改变世界是人类的理想，是进步的阶梯，但也是自我束缚的桎梏。曾经的教育没有传授改变不了世界该怎么办，因此这个主观努力的结果往往是悲剧性的，最终反过来让自己毁灭。

理想总是“我说了算”的一厢情愿，让“我”生活在自己的世界里。从这个意义上说，理想是使人上了瘾。当丰满的理想与骨感的现实不期而遇时，我感到的常常是疲惫、无聊、渺小。

“老赵，走一个。”一只粗壮的手捏着一小盅白酒，缓缓地移到了我面前。据说是多少年的这个窖、那个窖的，清澈的琼浆玉液，在手指微颤的节奏中，泛起波光水纹，从雾气中显现出来。身家“好几吨”的高个儿同学，已经是“总”“董”级别的金融家，不再是考试抄别人卷子的“后进分子”。

我仰视着他那居高临下的目光，习惯性地附和着“谢谢领导”，然后不敢怠慢地把杯中酒倒进了嘴里，流动的液体凝固了似的，仿佛胃镜的探头，一直扎向体内最柔软的部分。

从留学至今的十几年，中国的“关系社会”没有变，而且越来越实用地锁定在社会资源的分配体制上。

我不经意间把一块小石头踢进了海中，小小的水花很快被波浪吞没了。走向现实是明智的，也意味着风险——平庸、沉沦、碌碌无为。没办法，平平淡淡是常态，庸庸碌碌是新常态。但失去选择和自主的人生，是明智吗？如果这是现实，我肯定不会接受！

随着时间推移，渐渐地，“改变”的对象变了。外面的世界依然那样坚挺，富的富，穷的穷，固化的阶层关系，3000年没有变化。而自己的视角却渐渐回归到了自身，回到了生命本身，回到了生活的精神本源。

现实不可否认，幻觉不可否认，理想其实是维生素，多了不行，少了也不行。

后记：帮助别人成功才算成功

我从2003年入学的留英硕士生，进化成了“骨灰级”英国校友，如今又是混迹中国留学圈十几年的英国大学首席代表。留学从课业、经历、学位证书，如今变成了职业、宣讲、传道解惑。

我的处世方式也由此彻底改变：从一个宅男生生“进化”成了一个话痨；留学彻底改变了我的价值认同，从一个孤芳自赏的“小我”，开始走向融合、利他的“大我”。

此时，我突然想到了一个人。

他曾经因贫困在美国玫瑰园小学被同学嘲笑、恶搞，为扫除心理上的恐惧、怯懦，不断地练习在公众面前演讲，大学期间多次失败后终于在演讲比赛中夺魁，并重新建立起自信。他在毕业后，将这唯一的专长包装成相关课程，面向商业人士开班，让更多的人不再自卑。他就是后来成为美国乃至世界著名心灵导师的戴尔·卡耐基（Dale Carnegie），他的系列著作中的《人性的弱点》，鼓舞、激励了几代人实现人生“逆袭”。

留学的传播，其实也是在树立新的价值体系：文化存在感其实才是留学的最高境界，留学所达到的文化交流的高度是其他任何形式无法企及的。每次与讲座现场的家长和学生交流、互动，是一种很开心的体验，我能感到他们对留学的迷惘、焦虑和渴望，能感到他们“拨云见日”后的轻松、畅快，也能感到他们对我的信任。当自己的成功是建立在他人成功的基础之上时，我仿佛与他人融为一体，与世界融为一体，这是“小我”无法承载的巅峰时刻！

感谢本书责任编辑、北京出版集团的张颖老师，没有她的悉心帮助，我这个业余“码字儿的”，不会有进步到“铅字”的境界。

还要特别感谢北京出版集团王曷灵副总编，在她引荐下，我在2016年9月出版了《到英国去》。一年过后，富有国际眼光的王总又爽快地促成了本书的问世。

同时，本书还得到番茄公寓（funliving.com）、中宜语言培训机构、英国诺森比亚大学（Northumbria University）的大力支持与协助，有这些业界品牌的联合推荐，我受宠若惊。

帮助别人成功的同时，我也沐浴在别人的阳光里。

赵　刚

2017年8月29日 于北京